PIEMME **BESTSELLER**

Emma La Spina

Il suono di mille silenzi

PIEMME **BESTSELLER**

I Edizione Piemme Bestseller, marzo 2010

20145 Milano - Via Tiziano, 32
info@edizpiemme - www.edizpiemme.it

Anno 2010-2011-2012 - Edizione 1 2 3 4 5 6 7 8 9 10

Stampa: Mondadori Printing S.p.A. - Stabilimento NSM - Cles (Trento)

«Non tutti fissano l'aria
da un piccolo tetto di vetro,
né pregano con labbra di sabbia
che quell'angoscia finisca,
né sentono sopra la guancia
tremare il bacio di Caifa.»

Oscar Wilde

«...io già non ero
come altri erano, né vedevo
come gli altri vedevano.
Tutto quello che amai,
io l'amai da solo.»

Edgar Allan Poe

Introduzione

NELLE GRANDI STANZE

Ho scritto questo libro spinta da un autentico bisogno interiore.

Ho trascorso l'infanzia e la prima giovinezza in un istituto per bambini abbandonati, credendo che la vita, la vita di tutti, fosse simile a ciò che a me era toccato in sorte: sevizie fisiche e psicologiche continue, ignoranza dei più elementari fatti dell'esistenza, miseria profonda.

Il giorno stesso in cui ho compiuto diciotto anni, venute meno le sovvenzioni pubbliche, sono stata buttata in strada. Letteralmente, senza la minima preparazione. Abbandonata in un deserto affollato così differente da quello che fino a quel momento avevo conosciuto. E non meno ostile. Gli esterni, gli altri, così diversi, mi sembravano alieni. Poi, piano piano, ho capito che l'aliena ero io.

Le mie vicende, e quelle delle mie compagne di sventura, sembrerebbero accadute in un passato lontanissimo, oppure in Paesi remoti e imperscrutabili, e invece non è così. Possono sembrare invenzioni, ma è tutto terribilmente vero.

Ho cambiato solo i nomi dei personaggi, quasi tutti ancora viventi. Solamente il mio nome non ho cambiato, il nome che mi fu imposto. Quel nome è la bandiera della mia sofferenza e della mia riscossa.

Ho scritto tutto questo per le mie compagne, che ancora

vivono nel profondo timore di parlare delle loro sofferenze, quasi ne siano state le carnefici e non le vittime.

Ho scritto tutto questo per spalancare porte che per troppo tempo sono rimaste chiuse, per illuminare camere buie, per far crollare muri cementati con l'indifferenza e l'ipocrisia.

Ma soprattutto, ho scritto tutto questo perché non sono mai riuscita a urlarlo prima. Sono una delle mille bambine in silenzio nelle grandi stanze di un istituto.

IL SUONO
DI MILLE SILENZI

1
L'INFANZIA NEGATA

La signora da cui sono nata aveva una strana abitudine: metteva al mondo figli, uno dopo l'altro, e li abbandonava subito dopo il parto.

È accaduto undici volte. Io sono la decima esperienza.

I bambini abbandonati senza riconoscimento ricevevano un cognome e un nome di fantasia, che poteva cambiare più volte, poi venivano mandati in orfanotrofio, fino all'età di tre anni. Fu così anche per me.

Quando ne uscii, mi toccò in sorte l'Ordine della Carità. Sono le prime immagini che riesco a recuperare dall'abisso della memoria: suore, sempre vestite in modo da lasciare scoperti solo il viso e le mani. L'abito blu, sulla testa un copricapo bianco che fa pensare alle ali di una grande farfalla.

Ho vaghi ricordi del mio ingresso in istituto. Rammento che ero vestita in modo diverso. Ricordo che mi fecero indossare la divisa, uguale a quella di tutte le altre. Le immagini sono come lampi improvvisi in un cielo scuro. Solo dopo i cinque anni si fanno nitide e continue.

La suora che mi accompagna al reparto, suor Cecilia, è alta, pesante, lo sguardo distaccato. Mi appaiono i miei compagni, anzi le compagne, perché tra i sessi vige una ferrea separazione. In quell'ambiente enorme, traboccante di bambine, mi sento spaesata. Non so cosa aspettarmi. La suora mi conduce al dormitorio e mi presenta all'assistente, una laica sui trent'anni. Anche lei è fredda e distante. Suor Cecilia dice: «La chiameremo Emma, come il nome del dormitorio e della madre superiora, suor Emma». È così che apprendo il mio nuovo nome, che per me è il primo. All'orfanotrofio nessuno mi chiamava mai per nome, per cui non so che ne ho già avuto un altro.

Il collegio è molto grande, ospita un migliaio di bambini. È suddiviso in vari reparti, per sesso e per età, ciascuno inaccessibile agli altri. Compartimenti stagni, come la stiva di una nave. Su tutto, domina il silenzio. Mille bambini, nessun suono: né risate né pianti né rumori. Solo mille silenzi.

Mi trovo di colpo in un mondo sconosciuto. Comincio a domandarmi dove sono e perché, chi è questa gente che mi sta intorno. La relativa sicurezza a cui l'orfanotrofio mi aveva abituata, lascia il posto alla paura. Mi sento sola e confusa.

Subito mi vengono imposte regole nuove e inflessibili. Non è importante che io le capisca perché, come imparerò presto a mie spese, devo solo rispettarle. Qui mi spettano solo doveri: mai un gioco, una bambola, una fiaba, qualcosa che mi faccia sorridere. Soffro la mancanza di qualcosa, ma non so neppure io di cosa. Neanche in passato ho mai ricevuto un bacio, un abbraccio, una carezza, una parola affettuosa. Solo freddezza e regole.

La divisa che indossiamo è un vestitino intero senza tasche e senza bottoni, con le maniche lunghe, che si infila dalla testa. Il tessuto bianco è quello delle lenzuola. Il taglio dei capelli è lo stesso per tutte: cortissimi. Il colorito della pelle delle bambine è quasi sempre pallido, si fa fatica a distinguerci l'una dall'altra.

Ogni mattina la sveglia è alle cinque: per prima cosa devi rifarti il letto, poi andare in bagno per i bisogni corporali. Non ti scappa? Devi sforzarti e riuscirci, perché non ne avrai più la possibilità: ogni cosa va fatta al momento programmato. I miei tentativi di adeguarmi al ritmo imposto falliscono spesso. Mi capita di non potermi trattenere durante la giornata, mi sporco. Più di una volta succede in chiesa: rimango bloccata sulla panca, mentre le altre si alzano e vanno via. Ho vergogna e paura perché so cosa mi aspetta. La suora nota la mia assenza e mi viene a riprendere, capisce il motivo della mia reticenza e subito mi assesta uno schiaffone. Chiama l'assistente per farmi cambiare e stabilisce la punizione: le mutande sporche in testa, come un vergognoso cappellino alla bambina di cinque anni, e poi secchio e straccio per pulire dove ho sporcato.

In bagno qui si va soltanto per i bisogni corporali, perché la pulizia personale quotidiana non è prevista. Niente lavabo in quella che è solo una latrina, niente sapone, niente spazzolino o dentifricio; lo shampoo non sappiamo cosa sia. Mi sento sempre sporca, anche se in effetti una volta al mese mi fanno fare il bagno. Allora siamo tutte contente, come per una festa. In fila indiana aspettiamo il nostro turno davanti alla porta del locale in cui c'è una vasca. L'acqua è sempre quella: una bambina esce e l'altra s'immerge. Non m'importa di entrare prima o dopo, tanto il "bagno" è così: entrare nell'acqua già sporca di chissà quanti corpi, bagnarsi e uscire. Dopo, però, arriva la piacevole sorpresa di un cambio pulito, una volta al mese: maglia, mutande, calze e vestito, più la biancheria del letto.

Nell'inflessibile agenda dell'istituto, le sei di mattina è l'ora della messa. Entro in chiesa con passi timorosi, seguo la funzione col fiato sospeso, dico le preghiere col terrore di sbagliare. L'angoscia mi avvolge come una nuvola, perché so di essere osservata. Anzi spiata. Devo fare attenzione a tutto, nessuna parola del prete deve sfuggirmi perché qualcuno, ancora più severo della suora, mi scruta e mi giudica: il demonio si trova al mio fianco anche se non lo vedo. Ogni tanto lancio occhiate di traverso per controllare se Lui è lì: non vedo nessuno, ma so che c'è, le suore ne sono sicure e anch'io. Mi sta sempre intorno, maligno, accusatore, a ricordarmi il rischio di bruciare tra le fiamme. In quei momenti la paura per me è qualcosa di più reale dell'aria che respiro: una sostanza densa, palpabile, avvolgente. Il luogo grande e freddo, il torpore di chi è stato svegliato troppo bruscamente: quella mezz'ora è un tormento interminabile.

Non stanno meglio le mie compagne, tutte quante in balia di quel misto di superstiziosa obbedienza e angoscia permanente, che è il primo effetto dell'educazione imposta dalle suore. La lezione di paura si tiene ogni giorno all'ora del rosario, quando ci predicano la minaccia incombente del diavolo e le pene dell'inferno. Sono le uniche favole che raccontano a noi bambine: la religione inculcata come qualcosa di buio, opprimente, Dio come un sorvegliante inflessibile che giudica e punisce.

Il prete non impartisce una dottrina troppo diversa, ma la sua è una figura più distante, limitata alle funzioni solenni. Si presenta sempre con l'abito talare, per cui la differenza anche solo esteriore fra prete e suora, uomo e donna, non mi è del tutto evidente. Non vedrò un uomo con i pantaloni fino all'età di undici anni, alla scuola media.

Dopo la messa andiamo a colazione. Stiamo sempre in fila indiana, vicine ma distanti, ognuna con le sue pene, senza le parole per dirle né la volontà di comunicare. Non ricordo rapporti di vera amicizia o almeno complicità con qualche compagna, tranne una che ha avuto un'influenza determinante sulla mia esistenza. La miseria e il terrore in cui ci fanno vivere induce in noi più la diffidenza reciproca che la solidarietà. Ognuna sospetta nell'altra privilegi immeritati e ci controlliamo a vicenda, all'apparenza bimbe indifese, in realtà piccole belve pronte a graffiare: questo è l'ambiente cameratesco dei miei primi anni di vita.

I cibi vengono preparati in una cucina in cui ci è proibito entrare, ma noi bambine sappiamo o crediamo di sapere tutto perché le più grandicelle ce ne riportano resoconti da favola. Lì si preparano due menù distinti: uno per noi e uno per le suore. Sul menù delle suore circolano versioni diverse e leggendarie, ma quando arriva l'odore del loro cibo mi pare così buono che da solo riesce a saziarmi.

La nostra colazione invece si prepara così: riempiono d'acqua un recipiente, versano una polvere bianca, forse latte in polvere, e mescolano. Il risultato è un liquido stomachevole. Il "latte" è accompagnato da tozzi di pane raffermo, avanzato nei giorni precedenti dalla mensa dei grandi (non potrebbe certo avanzare dalla nostra, perché la fame cronica non ne lascia mai neanche una briciola). Il pane è l'unica cosa che non darebbe disgusto, ma invece va inzuppato nel "latte", ottenendo così una specie di pappa. La colazione, come del resto il pranzo e la cena, è una schifezza immangiabile, e l'obbligo di farla la trasforma in un momento di sofferenza autentica.

Il refettorio è un grande stanzone. In fondo c'è una porta che conduce alla cucina e alla mensa delle suore. Alla destra della porta d'ingresso campeggia un tavolo occupato dall'assistente, una donna di mezza età. Alla sinistra c'è un altro tavolo più grande, dove siedono bambine privilegiate per varie ragioni: per lo più si tratta di raccomandazioni dall'esterno, o di soggetti particolarmente docili che si prestano come strumenti della repressione delle suore, denunciando gli "sgarri" delle compagne.

I nostri tavoli sono collocati longitudinalmente, in lunghe file. A ognuna di noi è stato assegnato un posto una volta per tutte, per cui mangerà sempre con le stesse compagne, ma non è che faccia molta differenza, visto che è categoricamente proibito parlare tra noi. I tavoli sono a quattro posti, con due panche messe una di fronte all'altra, e hanno quattro cassetti. Ogni bambina ha il suo cassetto dove riporre le posate dopo i pasti, posate che verranno riutilizzate per il pasto seguente senza aver mai visto l'acqua. Dopo un po' puzzano, ma noi ci siamo abituate, ci sembra normale.

La colazione è sempre quella, inverno ed estate, comprese le feste di Natale e Pasqua. Ne farei a meno anche a costo di soffrire la fame ma, dall'esempio delle bambine più coraggiose e insofferenti, imparo subito che non è possibile. Rifiuti il latte? Te lo ripropongono a pranzo e a cena. Le ribelli vengono obbligate a inginocchiarsi al centro del refettorio con la scodella per terra. All'interno della scodella il pane già spappolato; accanto, il cucchiaio. Se la bambina non è ancora convinta a mangiare quello che le tocca, rimane in ginocchio con la scodella davanti per tutto il pranzo e quindi salta il pasto. La stessa cosa succede alla sera, e così per tre giorni di fila. Tre giorni sono il limite massimo di "pazienza" delle suore, dopo si passa alle maniere risolutive: ingurgitare a forza la sbobba, un boccone o una bastonata.

Ho tre compagne di sventura al mio tavolo. Mi dico: perché non convincere una di loro a mangiare anche la mia zuppa? Penso che potrei sfruttare la mia abilità nel ricamo e promettere a una delle compagne di eseguire il suo lavoro o di fare le pulizie al posto suo, se berrà il mio latte. Oppure, se lei non può soffrire il pranzo o la cena, io mi sobbarcherò la sua porzione. La cosa funziona, e si realizzano piccoli compromessi per la sopravvivenza, ma la trattativa è complessa, svolta con fugace abilità e molta paura. Abbiamo il divieto assoluto di parlare a tavola, ma già un'occhiata d'intesa può essere decifrata dall'assistente e dalla suora, che sono in giro a controllare tra i tavoli. L'assistente ha le unghie lunghe, e non disdegna di usarle sul nostro collo. Riesce a intuire le nostre complicità dai minimi movimenti. Nel caso più fortunato arrivano schiaffi o pizzicotti. La paura dell'assistente e della suora che girano per il refettorio è tale che ci pieghiamo al loro passaggio come le spighe di un campo di grano si curvano al soffio del vento.

Un altro pericolo viene dalle "privilegiate", che occupano un tavolo sistemato strategicamente in modo da avere una panoramica su tutta la sala. Ogni nostro gesto sospetto è oggetto di delazione, ma chi fa la spia non ha da guadagnarci un granché: qualche attenzione, molte promesse e nessun vero miglioramento nel vitto e nella disciplina.

Dopo la messa e la colazione, verso le sette e mezzo, le suore ci obbligano a un'ora di cucito, che sarà poi ripreso nel pomeriggio e completato entro l'ora stabilita. Il lavoro va fatto alla perfezione e il premio per un'esecuzione perfetta consiste nel non essere picchiate. Se non riesci a finirlo, al momento non accade nulla, ma l'ansia e la paura cominciano a montare perché devi aspettarti la punizione nel corso della giornata.

E infatti, prima o poi, la punizione arriva. Lo strumento

educativo è una lunga bacchetta di legno bagnata usata sulla nuda pelle. Sulle spalle, sulla testa, sulle gambe, dove capita. Io cerco di proteggermi la testa con le mani, ma i colpi mi provocano forti dolori, lividi e qualche volta ferite. In quei momenti mi capita di farmi la pipì addosso, e allora sono altri guai. Ma quelle che ho appena descritto sono solo le punizioni estemporanee, perché poi la sera c'è il compendio finale: le vere punizioni, quelle programmate ed eseguite con metodica crudeltà.

Le bambine che vivono in istituto hanno tutte in comune questa miserevole condizione, ma provengono da situazioni differenti. Alcune sono senza famiglia perché figlie di prostitute che le hanno abbandonate, o di ragazze-madri che non erano in grado di accudirle. Altre compagne, invece, hanno una madre o un padre, o magari entrambi, che però non possono occuparsi di loro perché sono in carcere o perché affetti da gravi disturbi mentali. Oppure perché hanno perso la tutela legale per violenza famigliare. Alcune sono lì semplicemente perché erano di troppo in famiglie già molto affollate. Tra loro, ci sono bambine che ricevono regolarmente visite dai genitori, e ce ne sono altre, veramente pochissime, che in occasioni molto speciali, come Natale e Pasqua, possono addirittura trascorrere un'intera giornata a casa. A contatto di tante diverse situazioni, l'unico profilo che mi sfugge è proprio il mio. Io so di essere stata abbandonata alla nascita, e so di essere sola, come molte delle mie compagne, ma la mia storia mi appare avvolta nel mistero. Madre, padre, famiglia, che significato possono avere per me queste parole?

Nessuno mi ha mai detto che cosa sia una mamma. La parola l'ho sentita per la prima volta dalle compagne che ne hanno conosciuta una e, da allora, penso che da qualche parte al mondo debba esserci la mia. Chi è cieco dalla nascita immagina i colori come fossero musica, così io provo a immaginare la mamma. Ha uno sguardo dolce, affettuoso e rassicurante, un bellissimo mantello azzurro, tra tutti guarda solo me e mi sorride sempre: forse perché l'unica immagine materna che mi hanno mostrato è quella della Madonna col Bambino in chiesa, e nessuno si è preso la briga di spiegarmi che quella è la madre di Nostro Signore. La mia immagine materna non può assumere contorni realistici, perché fra noi bambine non ci si racconta nulla delle nostre origini.

Invece il papà non me lo immagino e nemmeno mi interessa. Una parola che non mi dice nulla, così come fratello e sorella: sono termini assenti dal mio vocabolario.

Dopo il ricamo, la giornata entra nel vivo con le ore di scuola, che si svolgono in un'aula dello stesso istituto. Come avrete capito, da lì non esco mai.

La mia compagna di banco è una bambina bruna, magra come siamo tutte, ma completamente abulica. Io sono più sveglia e veloce di lei e ne approfitto, aiutandola in cambio di qualche favore, come far sparire il cibo indesiderato o un aiuto nelle pulizie.

Anche l'insegnante è una suora. La lezione va imparata subito perché non c'è possibilità di recuperare: non abbiamo altro tempo per lo studio, né il minimo sussidio didattico, a parte quello che si trova in classe cioè un abbecedario, un quaderno e una matita. Nessuna di noi possiede qualcosa per sé. Né penne, né colori, né quaderni.

Il sistema educativo è basato su castighi e bacchettate. Chi non ha la risposta pronta si prende una bacchettata sulle mani o sulla testa, e poi finisce in castigo dietro la lavagna, con la faccia al muro. Certi giorni, a causa del sovraffollamento (dietro la lavagna ci stanno al massimo cinque bambine), le altre in punizione se la cavano con la fronte sul banco e le mani in testa per tutta la mattinata. Io sono brava a scuola, e non finisco mai dietro la lavagna per difficoltà di comprensione. Ma qualche volta mi ci mandano perché mi distraggo, o disturbo le altre con le mie chiacchiere. Il fatto di essere sempre preparata, anche se la possibilità di studiare fuori dall'aula è praticamente nulla, in qualche modo mi consola, è un'iniezione di orgoglio.

Al termine delle lezioni si va a pranzo, nello stesso refettorio e ai soliti posti. Anche la pietanza è sempre la solita: pastasciutta, e ogni tanto un minestrone dal sapore terribile. Come a colazione, bisogna mangiare tutto e rapidamente. Mettiamo in atto le stesse strategie di sopravvivenza, correndo gli stessi rischi. A fine pranzo la suora e l'assistente ci fanno alzare le braccia e procedono a una minuziosa perquisizione, per essere sicure che non nascondiamo cibo avanzato. Che fare? Durante il tragitto verso la mensa cerchiamo nella spazzatura una scatoletta, una bustina, un contenitore qualsiasi per nascondere la pasta non mangiata. La scatoletta più facile da trovare è di un tipo stretto e lungo, con la scritta «Formaggino Mio», anche se noi bambine non capiamo perché mai si trovino lì, dal momento che non abbiamo mai avuto formaggini a tavola, anzi non sappiamo neppure cosa siano. Comunque è abbastanza capiente per la porzione avanzata. Di nascosto, riempiamo la scatola e poi la nascondiamo nelle parti intime, le uniche a non essere perquisite, almeno fino al giorno in cui ci smaschereranno. La prima a essere scoperta sono proprio io. Non so come si accorgano del trucco: forse la delazione di una spia, forse una suora mi nota nel momento in cui mi libero della scatola incriminata, comunque è una giornata che non dimenticherò.

Sarebbe proprio il giorno del mio settimo compleanno, ma io non lo so perché non conosco la mia data di nascita né il significato di una ricorrenza. Così, nascondo la mia brava scatoletta con il cibo non gradito nelle mutandine. La perquisizione avviene e come al solito non giunge alle parti intime. Quindi, appena uscita dal refettorio, butto furtivamente la scatoletta nella spazzatura. Sono contenta che sia andato tutto bene, mi sento liberata da un peso. Mentre mi trovo in cortile, si avvicina la suora: «Emma, la madre superiora vuole farti gli auguri».

Auguri? E che significa? La suora mi spiega che oggi compio sette anni e ai compleanni si usa ricevere dei regali. Provo a chiedere perché non ho mai visto accadere alle altre questa cosa meravigliosa, ma la suora mi ha già trascinata via.

Vicino al cortile c'è un portico che ho attraversato il giorno del mio ingresso in istituto e poi mai più, perché conduce a un'ala del palazzo a noi proibita. La suora e io c'inoltriamo nel portico, tra la curiosità e l'invidia delle mie compagne, quando di fronte a me si para la stazza ragguardevole della superiora, tra due suore che le fanno ala.

Il suo volto è impassibile, non si può dire che sia irritata. Con tranquillità e apparente gentilezza, anche lei mi ripete che ha intenzione di farmi un bel regalo. Poi, estrae dalla tasca la scatoletta che ho buttato nella spazzatura.

Mi sento morire – anche adesso che ne scrivo, dopo tanti anni, ho i brividi. Comincio a tremare, a piangere, mi urino addosso.

La madre, serafica, porge la scatola e dice: «Questo è il tuo regalo di compleanno».

Non la prendo, ma lo fa la suora che mi accompagna mentre, con la stessa tranquillità, la madre volta le spalle e si allontana. Io rimango impietrita, so cosa mi aspetta.

La suora, a spinte e ceffoni, mi caccia nel bagno del nostro reparto. È forte e robusta. Mi fa sedere a forza sul vaso, si mette di fronte a me chiudendomi le gambe fra le sue e mi blocca la testa contro il muro: sono praticamente immobilizzata. Poi, estratto un cucchiaio, comincia imboccarmi a forza con il contenuto della scatoletta. Dopo due o tre bocconi inghiottiti ho un conato di vomito. Col cucchiaio la suora recupera anche quello e me lo rimette in bocca. Sono stremata, ho gli occhi fuori dalle orbite, madida di sudore e completamente bagnata sotto. Non riesco più nemmeno a piangere e a gridare, ma la tortura continua fino all'ultima cucchiaiata.

Non è finita. Ci sono ancora le punizioni corporali. La famigerata bacchetta bagnata colpisce a più non posso tutti i punti più sensibili. Poi, mi mettono in testa le mutande bagnate. Eccolo, il mio primo regalo di compleanno.

Forse state pensando che cose del genere rappresentino un'eccezione nella vita dell'istituto, ma vi sbagliate: il mio corpo e quello delle mie compagne è sempre segnato da lividi ed ematomi. La "nutrizione forzata" e le botte (in refettorio, a scuola, in camerata, ovunque) sono prassi quotidiana. A qualcuna di noi tocca sempre. In tutto l'istituto echeggiano le urla delle malcapitate, ma nessuno prende le nostre difese. Siamo sole, abbandonate, nessuno che arrivi da fuori a controllare.

Mi sento fisicamente debole ma dentro di me, giorno per giorno, nasce una durezza d'animo che mi pare forza: ogni volta reagisco alle botte con maggiore stizza. So che i miei gesti sfoceranno sempre nelle stesse punizioni, e tuttavia non cambio atteggiamento. Voglio dimostrare a tutti i costi il mio risentimento, anche se non so bene a chi.

C'è una sola cosa peggiore delle botte, ed è il tormento della sete. A pranzo non ci danno acqua, né nessun'altra bevanda. L'acqua si può bere solo nella mezz'ora "di libertà" che segue il pranzo, e con un'apposita procedura. Ci mettono tutte in fila, la prima bambina porge un bicchiere (azzurro, di plastica), la suora lo riempie da una brocca. La bambina deve bere rapidamente, e passare lo stesso bicchiere nuovamente riempito alla compagna successiva. La bevuta dev'essere veloce, perché le bambine sono tante, e la nostra mezz'ora di "libertà" trascorre tutta così. Se dietro le compagne impazienti spingono, urtando e facendo traboccare l'acqua dal bicchiere, la malcapitata di turno rimane senza fino al giorno dopo, perché quella è l'unica bevuta della giornata.

Ho sempre una sete spaventosa. L'oggetto del desiderio di tutte è un rubinetto in cortile che serve per le pulizie, ma è sempre chiuso a chiave. Un giorno, la disperazione ci fa trovare l'alternativa: in bagno c'è lo sciacquone. È del tipo a catenella, il recipiente sta in alto e allora bisogna mettere la mani a coppa nel vaso e raccogliere l'acqua mentre scende nel water. Ma anche così ci sono dei problemi. Siamo in tante, troppe, si lotta: le altre ti spingono mentre metti le mani dentro il vaso, e l'acqua cade fuori. Un giorno una compagna più alta e più furba sale rapidamente sul vaso calpestando le mani delle compagne, per bere direttamente dal recipiente dello sciacquone. Appena sollevato il coperchio, salta fuori un topo schifoso: cade, grida, uno spavento terribile, nessuna ci proverà più. Ma siamo così disperate che ce ne inventiamo un'altra per dissetarci: quando siamo a stendere la biancheria, possiamo strofinare le labbra sui panni bagnati, per avere un po' di refrigerio.

Finita la mezz'ora di "libertà" ci mettono a fare pulizia per un'ora, poi torna il lavoro di cucito. Le suore ci insegnano i cosiddetti lavori femminili, soprattutto il ricamo, graduando le difficoltà secondo l'età. Si inizia con il semplice rammendo delle calze, poi si passa al ricamo vero e proprio, al telaio, al tombolo e al cantù. La disciplina è ferrea, bisogna ubbidire e basta, niente intermezzi o svaghi, non sono ammesse né la stanchezza né gli errori. Se qualcuna sbaglia perché è stremata e non ci vede bene, deve guarire a suon di botte: niente visite mediche. Quando sto male e scotto per la febbre non c'è nessuno a cui possa rivolgermi: soffro in silenzio e vado avanti.

In seguito saprò che i ricami che facciamo noi bambine dell'istituto vengono venduti bene, ma noi non ne ricaviamo la minima gratificazione. Ci mettono tutte in una stanza, su tante sedie allineate in più file e l'assistente sta di fronte a noi. Ci assegna un lavoro e un tempo per svolgerlo. Ogni tanto passa a controllare e prende nota. Alla fine della giornata sarà emesso il verdetto. Se non finiamo in tempo o facciamo errori, scattano le punizioni. Se, invece, il lavoro è ben fatto, ci promette un pesciolino di zucchero colorato o un cubetto di ghiaccio per dissetarci, ma a differenza delle punizioni i premi promessi non vengono quasi mai corrisposti, e questo accresce la nostra rabbia, che a volte sfocia in ribellione.

Ogni giorno mi siedo con l'ansia di far presto. Poiché si perde molto tempo all'apertura e alla chiusura del lavoro (anche il rovescio va fatto a regola d'arte), ho escogitato un metodo per andare più svelta: infilo nell'ago un filo molto lungo. Altre compagne fanno la stessa cosa, ma il vantaggio di non dover infilare più volte la cruna dell'ago, viene azzerato dal fatto che facilmente il filo s'ingarbuglia. Quando l'assistente si accorge di queste invenzioni ci rimprovera, dicendo che è il diavolo a consigliarle.

Il diavolo ce l'abbiamo sempre addosso. Con l'ansia di non farcela e la paura del diavolo si porta avanti il lavoro iniziato al mattino. Io sono abbastanza brava e veloce, ma devo esserlo ancora di più per eseguire di nascosto prima di sera, e con il cuore che salta via, anche il lavoro di qualcuna delle mie compagne che in cambio inghiottirà il cibo indesiderato al posto mio, o mi darà un pezzo del suo pane per placare la fame.

Sfrutto questa mia abilità, quando è possibile, anche per convincere qualcun'altra ad aiutarmi nelle pulizie.

Alle sei del pomeriggio è il momento della preghiera: si va tutte in chiesa per il rosario. Mi piacerebbe pregare con il cuore, rivolgermi a Dio usando le mie parole, ma devo stare attentissima a recitare le preghiere imposte, non posso distrarmi a pensare che cosa significhino quelle formule, a chi siano dirette. L'occhio vigile dell'assistente e delle suore riporta subito alla realtà.

Il rosario si chiude con il predicozzo finale, sempre il solito: siamo tutte monelle, disubbidienti e indisciplinate. Se continuiamo così, finiremo sicuramente all'inferno a bruciare coi diavoli.

Il diavolo diventa una vera e propria psicosi: lo vedo dappertutto e so che è anche dentro di me, conosce i miei più reconditi pensieri. Reprimo i moti di ribellione e gli insulti che mi vengono spontanei, perché so che il diavolo, nascosto in qualche angolo della mia anima, registra tutto. L'ossessione arriva al punto che a volte, durante la preghiera, lo sguardo corre ansiosamente ai fianchi, con l'angoscia di vederlo spuntare da un momento all'altro. Durante il giorno la paura è superata dal ritmo convulso delle varie incombenze, ma di notte è agghiacciante. Prima di coricarci, sedute al bordo del letto, noi bambine teniamo alzati i piedi perché temiamo che, da sotto, il diavolo ci afferri e ci trascini a bruciare vive all'inferno.

Col passare del tempo, la recita del rosario diventa automatica, le parole mi escono meccanicamente e la mente si rende più libera. Quando posso permettermi di pensare, desidero sopra ogni cosa che questa vita finisca, ma nello stesso tempo non riesco a immaginare una condizione diversa: questa è l'unica che io possa concepire.

A cena abbiamo insalata d'arance, di lattuga o di pomodori, con un tocchetto del solito pane, qualche volta un po' di pastina senza condimento. Il menù non cambia mai e anche la qualità è sempre la stessa. Cresco con l'idea che le arance (il frutto più noto e abbondante della mia terra) siano disgustose. Molto più avanti scoprirò che il loro sapore non è affatto quello provato in istituto, ma ormai mi avrà lasciato un tale senso di nausea che mi riuscirà comunque difficile mangiarle.

Dopo cena le bambine più grandi, fatta eccezione per quelle in castigo, vedono *Carosello* alla televisione, le più piccole vanno subito a letto.

Ricordo bene il dormitorio. È un grande camerone diviso in modo tale da formare ambienti più piccoli, con sei letti per ogni vano. Nell'ultimo vano dorme un'assistente, che collabora con la suora assegnata al reparto.

Non posso prendere subito sonno, perché deve arrivare

il momento più brutto della giornata e ognuna di noi lo aspetta in solitudine, pur avendo tante compagne vicino. Per accedere al dormitorio bisogna scendere cinque gradini e io, sotto alle coperte, me ne sto lì ad aspettare il rumore dei passi del nostro giudice supremo. Non tutte reagiscono allo stesso modo alla tensione: chi singhiozza sommessamente, chi trema, chi balbetta per la paura. Io mi copro tutta con il lenzuolo e piango. Eccolo il rumore che temo e attendo, finalmente si sente arrivare. La suora, una donna molto robusta, attraversa tutta la camerata ed entra nella stanza dell'assistente per avere il resoconto. Per un motivo o per l'altro veniamo punite quasi tutte ma, mentre quelle inflitte durante il giorno sono più estemporanee, lasciate alla libera inventiva del momento, le punizioni serali sono scientifiche, pianificate. La suora conosce i nostri punti deboli. Non usa bastoni o bacchette, solo mani e piedi. C'è una mia compagna poliomielitica che viene presa a calci sulla gamba offesa. La punizione per me è sempre la stessa. La suora mi butta a terra vicino al letto, mi sale sulla schiena con tutto il suo peso, mi afferra i capelli e li tira. Mi riempie di lividi, che mi lasceranno come ricordo negli anni a venire continui dolori di schiena.

Ma, forse più delle punizioni, è il rito delle mutandine che mi fa più paura: ogni bambina, appena sente arrivare la suora, deve togliersele e appoggiarle sulla sedia. Se non sono pulite arriveranno altre botte, ma è ben difficile che lo siano, dal momento che in bagno non abbiamo carta igienica e neanche l'ombra di un bidè. La mattina dopo, la gogna: la colpevole dovrà circolare con le mutande sporche oppure con le lenzuola bagnate in testa. A me capita spesso: quando mi picchiano, non riesco a trattenermi e faccio pipì. Dopo un po' il riflesso condizionato è tale che ormai urino solo con le botte, in bagno spontaneamente non mi riesce quasi più.

Perché non ci ribelliamo? È naturale cercare una difesa o rivoltarsi contro chi ci fa del male. Ma noi, private del rispetto per noi stesse, senza alcuna nozione del nostro valore, non abbiamo i sentimenti e le reazioni che ci si potrebbe aspettare da bambine normali. Si va dalla totale passività a proteste furiose e plateali, ma senza che ci sfiori l'idea di renderle più efficaci coalizzandoci. Io a volte mi esibisco in scenate teatrali e totalmente inefficaci: come strapparmi dalla spalla il lenzuolo che funge da vestito, per mostrare i lividi. Ma a chi, se non ad altre bambine come me? Il risultato è scontato: mi toccano altre punizioni per il vestito strappato. Certe bambine si rifiutano di mangiare, praticando senza saperlo una sorta di sciopero della fame, ma ciò che ottengono è di essere alimentate a forza col metodo del cesso. Altre si rifiutano di fare le pulizie o di ricamare e rimediano solo un sovrappiù di botte, oltre la costrizione al lavoro.

La vita in istituto scorre monotona, scandita dalle attività quotidiane e dalle botte, interrotta solo da eventi straordinari. Come la morte di una suora. Quando questo accade, noi bambine dobbiamo vegliare il cadavere a turno, giorno e notte, recitando le preghiere che ci ordinano. L'impressione della morte è vivissima e terrorizzante. Questa è anche una delle pochissime occasioni che abbiamo per vedere il mondo esterno, perché viene organizzata una processione in onore della defunta. Non è certo un momento esaltante: tutte in fila per le strade della città, a cantare le lodi a Dio, però almeno vediamo di sfuggita cose diverse rispetto alle mura dell'istituto. E soprattutto altri bambini passare con i loro genitori, famiglie felici. Ma non è una bella vista: come possiamo non provare invidia, noi cenciose e affamate. Passeggiano mangiando leccornie a noi sconosciute, gelati, pizzette, patatine. Alcuni passanti, indovinando dagli sguardi i nostri desideri, si impietosiscono, si avvicinano alle suore e offrono denaro per comprarci dei dolci. Le suore intascano i soldi, non ci comprano nulla.

Poi c'è maggio, il mese dei fioretti. Ogni giorno, prima del rosario, ci riuniamo in cortile. Ci danno una penna, una sola per tutte, e dei bigliettini sui quali, a turno, dobbiamo scrivere i buoni propositi e i piccoli sacrifici da inviare alla Madonna. Vengono raccolti in un cesto e poi si va tutti in chiesa per il rosario. Le suore dicono che i biglietti saranno bruciati per portare le nostre offerte in cielo, ma non gliel'ho mai visto fare.

Non sapendo ancora cosa siano il bene e il male, mi lambicco il cervello perché non so cosa scrivere sul mio. Qualcuna di noi, confidando nell'anonimato e nella segretezza scrive frasi senza senso o birichinate come: «Suor Cecilia ha il panaro a scivolo». Ma i bigliettini verranno letti e allora... le solite botte, questa volta democraticamente distribuite a tutte, visto che l'autrice rimarrà ignota.

Di tutti gli eventi straordinari, quello che desta maggiore eccitazione è certamente l'arrivo in istituto di una nuova bambina. La prima cosa che cerchiamo di fare è avere da lei informazioni sul mondo al di là delle mura. Purtroppo in questo modo vengo a conoscere solo storie dolorose, raccontate a spezzoni da bambine disturbate: violenze subite in famiglia, miseria economica e morale. Da un inferno a un altro.

Le nuove arrivate portano anche altri guai. All'inizio non ci faccio caso, però poi noto che, dopo l'ingresso di nuove bambine, molte di noi si ammalano. Spesso le nuove arrivate diffondono anche parassiti. Quando ci sono i pidocchi, le suore ci rapano a zero, ma questo non ci dà grossi problemi, il nostro aspetto è l'ultima cosa di cui ci curiamo.

A volte scoppiano vere e proprie epidemie. Ci ammaliamo quasi tutte, e i casi più gravi vengono curati nell'infermeria, un grande stanzone con due file di letti. Di fronte all'ingresso c'è una finestra con una grata di ferro, da cui si può vedere, a quadratini, una fetta di mondo esterno. L'addetta all'infermeria è una laica, della stessa pasta di tutte le altre: mai una parola d'affetto o di consolazione, fredda come il marmo. Ci da le medicine senza prestare alcuna attenzione a noi, meccanicamente, come un robot.

Eppure – ci credereste? – l'infermeria è la meta dei nostri sogni. Intanto, perché c'è lo sciroppo. Un vero nettare: quelle di noi che l'hanno assaggiato ne decantano la dolcezza, quindi tutte vorremmo gustarlo e qualcuna arriva a fingersi ammalata per averne un cucchiaio. E in infermeria si può bere tranquillamente, cioè raccogliere l'acqua dal vaso del gabinetto senza la solita ressa e le spinte. E poi il profumo: il profumo meraviglioso che sale dal bar di sotto, odori di leccornie che bastano da soli a saziarti.

Una volta finisco in infermeria per molti giorni, forse un mese, non saprei dire con precisione. Ho immagini confuse di quel periodo, la realtà si confonde con la fantasia: vedo angeli che mi volano intorno, un prete che mi benedice, spruzzando acqua santa con l'aspersorio. Non ricordo altro.

Quando finalmente ne esco guarita, una mia compagna mi dice: «Lo sai? A un certo punto ti hanno data per morta. Ti avevano già messo il vestitino bianco!».

Il vestitino bianco, velato, come quelli della prima comunione, qui si mette anche alle bambine defunte. In istituto la morte di una bambina passa quasi inosservata. Le mettono l'abitino bianco e poi sparisce dalla nostra vista: niente veglia funebre, come si fa per le suore.

Il Natale è la festa dell'ipocrisia. Bisogna imparare a memoria poesie e canzoncine adulatorie nei confronti del nostro capo, la madre superiora, a cui esprimiamo tutto il nostro amore e la nostra riconoscenza. Le canzoni prendono a modello quelle commerciali, con la classica rima *cuore/amore*, ma le parole sono adattate alla circostanza. Purtroppo sono sempre una delle prescelte a cantare. È duro. È terribilmente duro innalzare lodi a chi fa di tutto per farsi detestare. La madre superiora ha il monopolio delle punizioni drastiche, nel caso di bambine recidive. È lei che ordina la "stanza della punizione".

Anche a me capita di esservi rinchiusa. Non ci sono finestre, solo una lampada al soffitto e pareti lisce. Introducono nella stanza un cane che, latrando, si lancia verso di me. È ben addestrato: sa far paura senza ferire. Sono tanto sconvolta che cerco di arrampicarmi sulle pareti con le unghie. Dopo un po' mi tirano fuori disfatta, senza più voce né forza per reagire. Per tutta la vita avrò il terrore dei cani, siano pure cuccioli inoffensivi.

Non riesco a capire come chi si dice sposa del Signore possa trattare con tale brutalità le sfortunate bambine che le vengono affidate.

Suor Cecilia per esempio, l'addetta al mio reparto, è una donna grossolana nel fisico e nei modi. Con noi è sempre dura, sgarbata, come se fosse condannata a un lavoro che odia. A me fa paura, anche se poi mi viene da sfidarla. Non so quali sentimenti alberghino nel cuore di questa donna, ma certamente manca l'amore. Un dono ricevuto direttamente da Dio, la più potente fra le energie a disposizione dell'uomo e forse l'unico significato della vita. L'esperienza di madre mi insegnerà che l'amore per i figli è gratuito, si dona senza aspettarsi contropartita. Ma questo tipo d'amore manca totalmente nella mia infanzia e questa mancanza segnerà la mia vita profondamente.

Anche l'assistente, una laica, si comporta con lo stesso distacco. Durante le notti, il silenzio del dormitorio è spesso rotto dai pianti e dalle grida di bambine che hanno alle spalle le esperienze più drammatiche e sono in preda agli incubi. Sebbene la donna dorma accanto a noi, non la vedo mai intervenire per consolare qualche piccolina.

Crescerò, capirò. Psicologia spicciola forse, fatta più d'esperienza che di letture, ma m'illuminerà su ciò che adesso mi circonda e mi fa tanto male. Saprò che a volte i medici, sempre a contatto col dolore, per non essere travolti dalla sofferenza si creano un'armatura protettiva, una sorta di anestesia professionale che li renda impermeabili. Ma questa forse è un'interpretazione che non si adatta a suor Cecilia e all'assistente. Nel loro caso, è meglio dire che spesso chi è costretto sempre a ubbidire diventa un dittatore inflessibile nei confronti di quelli che non possono difendersi. Chi non è riuscito ad assecondare le proprie inclinazioni naturali, anche le più comuni, come ricevere e dare amore, scarica le proprie frustrazioni su quelli a lui soggetti. E non capisce che la soluzione al vuoto che sente dentro sarebbe proprio lì, davanti agli occhi. Noi bambine, in fondo, non attendiamo che di ricevere e di dare amore. Non ci è consentito. Per debolezza, ignoranza, indifferenza, quelle donne si macchiano dell'unico peccato che conti veramente.

2
UNA SPECIE DI FAMIGLIA

Una volta al mese, sempre e solo di domenica, chi ha parenti può incontrarli in parlatorio. Le bambine che potrebbero ricevere una visita dai genitori vengono separate dalle altre e tenute in una stanza a parte, in attesa di essere chiamate. Non sempre l'attesa è premiata. Ogni volta le invidio perché io non ho nessuno che mi venga a trovare. È facile poi capire chi tra loro ha aspettato invano. Glielo si legge in volto, per l'espressione triste e il muso lungo. Le altre, invece, sprizzano gioia e agitano contente i loro regalini.

I regalini sono veramente minimi. Caramelle. Oppure i famosi pesciolini di zucchero colorati. Niente giochi o bambole, non ho mai giocato con le bambole, non ne ho neppure il desiderio perché non ne ho mai vista una e, comunque, di mio non possiedo nulla di nulla. Intorno ai pesciolini colorati si scatenano litigi e invidie mortali. Tutte facciamo la corte alle bambine che ne hanno ricevuti, le seguiamo da vicino sperando che i dolci cadano a terra per arraffarli. Quelle stringono in pugno i loro tesori, anche di notte, per paura di essere derubate.

Per le bambine che non ricevono visite, la domenica è il giorno delle pulizie straordinarie: rivoltare i materassi, spostare i letti e le panche in chiesa, lucidare tutti i locali a specchio. Mi assale un senso di profonda ingiustizia: c'è chi gioisce di quei pochi minuti con i genitori, e noi a lavorare, come una punizione supplementare per la nostra sfortuna. La pulizia delle scale è particolarmente spossante. Mi affibbiano un pesante secchio d'acqua, uno straccio e poi giù, carponi, a strofinare. Prima il sapone, poi lo spazzolone, infine lo straccio. Le mie piccole mani faticano a strizzare lo straccio, e mi fanno male. L'acqua bisogna cambiarla spesso e per farlo il secchio va trascinato fino al rubinetto. Una fatica enorme. Eppure, se l'assistente non è contenta, tutto va rifatto da capo.

Fra le bambine in istituto non nascono vere e proprie amicizie, più che altro rapporti di convenienza o complicità. C'è però una mia compagna, Clotilde, che ammiro moltissimo.

Ha un anno più di me. È molto bella. È intelligente. Soprattutto, possiede quel particolare carisma che hanno i leader, la capacità di attrarre le altre persone: ha sempre molte bambine intorno. Anch'io cerco sempre di starle il più vicino possibile. Mi accorgo che questo la infastidisce, ma ugualmente pendo dalle sue labbra.

Ho otto anni. Uno di quei pomeriggi domenicali riservati al parlatorio, mentre sono intenta alle pulizie della camerata, mi chiama la suora e mi ordina di seguirla.

Io in parlatorio? Subito mi prende un'ansiosa felicità. Ma poi comincio a dubitare, forse si tratta solo di un errore. Non ho il tempo di elaborare questi pensieri, perché la suora mi fa fretta. Intanto la stessa cosa è stata ordinata a Clotilde, che incontro durante il tragitto. Mentre seguiamo la suora, la mia compagna crede che io le vada dietro senza motivo: «Ma che vuoi? Vattene!».

Protesto: «Guarda che anch'io sono stata convocata!».

Mentre è in corso il piccolo battibecco, entriamo in parlatorio. È un grande locale con sedie disposte disordinatamente a gruppetti, alcune occupate da bambine con i genitori. Altri adulti, in piedi, aspettano l'arrivo delle figlie. La suora ci spinge verso una donna che se ne sta dritta, immobile, in un angolo della stanza.

Arrivate davanti a lei, la suora dice: «Questa è vostra madre».

Sembra una sceneggiatura crudele, un colpo di scena a effetto. Capisco all'istante due cose: io ho una madre, e la bimba che sistematicamente rifiuta la mia amicizia è mia sorella. Entrambe siamo talmente sbalordite da rimanere senza fiato.

Ho sempre sognato la mia mamma. Se non l'avessi vista adesso, almeno avrei serbato nel cuore l'immagine di una mamma bella e affettuosa. Non che la signora non sia bella, però la freddezza che emana è molto distante dal calore materno che scaldava i miei sogni. Quella che sta in piedi di fronte a noi è una donna alta ed elegante, ma il suo sguardo è distante, impassibile. Ha in mano un pacchetto.

La donna non accenna a protendersi verso di noi: né un bacio, né un semplice contatto. Si limita a chiedere alla suora: «Come si comportano le bambine?».

La suora si lamenta delle nostre continue monellerie e la signora prontamente la invita (come se ne avesse bisogno) a punirci con severità. Per maggiore chiarezza, accompagna la sua autorizzazione con due schiaffi, uno a ciascuna.

Senza dir niente, Clotilde e io voltiamo le spalle alla signora e ci allontaniamo, con l'unico rimpianto di non avere preso il pacchetto che la donna aveva in mano. La fame è tanta, ma la delusione troppo cocente. Questa sarebbe la mamma?

Però poi penso che c'è anche un lato positivo: ho scoperto di avere una sorella. E che sorella! La più ammirata di tutte noi. Clotilde invece appare molto stizzita. Anche lei ha una sorella: la più insignificante delle bambine. Mentre torniamo con le altre provo a prenderle la mano, ma lei ritrae la sua bruscamente, come se potessi contaminarla.

Io vorrei tanto starle vicino, invece! È una bambina molto estroversa, con una straordinaria fantasia. Riesce a trasformare tutto quello che trova (un pezzo di carta, una molletta per la biancheria, un sassolino) in un'occasione di gioco. Ha una grande vitalità. Ha spirito d'iniziativa. E perfino una voce magnifica per il canto. L'adoro.

Anche lei soffre qui dentro, come tutte noi, ma il suo modo di reagire è opposto al mio: se io mi chiudo in me stessa, lei sembra trarre dalle avversità un motivo in più per aprirsi alla vita. Il suo carattere l'aiuta molto. Tutte ne siamo conquistate. Tutte siamo sempre disposte ad assecondarla. Dopo la "rivelazione" penso per un attimo di potermi annoverare tra le sue preferite, ma devo ricredermi e la delusione è grande.

Clotilde mostra fin troppo chiaramente la sua avversione. Me lo dice senza giri di parole: «È meglio che ti cerchi altre amicizie invece di starmi sempre appiccicata».

Sarà una delle più grandi sofferenze della mia infanzia: il suo rifiuto accrescerà la mia solitudine, la mia rabbia, portando i miei moti di ribellione fino all'autolesionismo.

In questo periodo ho preso un'abitudine particolare, una di quelle manie infantili che mi porterò dietro fino a dodici anni. Quando sto a letto, arrotolo la parte superiore del lenzuolo e lo avvicino alla bocca: mentre mi succhio l'indice della mano destra, con il medio stropiccio il rotolino di lenzuolo che ho formato. È un gesto indecifrabile, non so come sia nato nei meandri della mia psiche infantile, ma ha il potere di placare le mie angosce, mi dà sicurezza. Ovviamente, neppure questo mi lasciano fare: se la suora mi vede, mi sgrida intimandomi di smettere. Ma io insisto: nascosta sotto la coperta, arrotolo la camicia da notte e faccio con quella.

Il rituale diventa per me una vera necessità. Delusa dall'avversione di mia sorella comincio a fare questo giochetto compulsivo anche di giorno, sollevando tutto il vestitino, arrotolandolo e portandolo alla bocca. Per poterlo fare di nascosto, cerco di isolarmi il più possibile. Ma spesso mi scoprono, e allora sono botte, castighi e rimproveri.

Il mio gioco segreto è importante. Specialmente di notte. Ho il sonno leggerissimo, e quei rumori che si sentono in camerata sono troppo angoscianti. Gemiti, fruscii, pianti, sussulti di chi è visitata da un'incubo: sono i rumori della sofferenza. Il rotolino del lenzuolo e il dito in bocca mi danno conforto, e alla fine ho il dito tutto scorticato.

Qualche volta, dopo essermi assicurata che l'assistente si è addormentata, entro nel letto di qualche compagna che, come me, non riesce a prendere sonno. Allora le nostre due infelicità si consolano l'un l'altra.

Dopo aver saputo che Clotilde è mia sorella, i primi giorni cerco di intrufolarmi da lei. Ma non ci riesco mai, un po' perché mi respinge, e poi davanti al suo letto c'è sempre la fila.

La signora viene a trovarci molto sporadicamente. Una domenica pomeriggio annuncia che ci porterà fuori. Dovremo cambiarci, lasciare la divisa e indossare dei vestiti che ha portato per noi.

Che bella sorpresa questa del cambio d'abito: finalmente ho qualcuno che s'interessa a me! Infilo la gonna blu a pieghe, la camicia bianca e il maglione, anch'esso blu. Sono contenta di essere oggetto delle gelosie delle compagne che, curiose ed eccitate, mentre usciamo ci domandano dove stiamo andando, con chi. Facciamo le misteriose e non rispondiamo, ma in realtà non lo sappiamo nemmeno noi.

Appena varcato il portone dell'istituto, penso che forse la signora ci condurrà a casa sua. Sono solo curiosa, non mi sto veramente illudendo che arriveremo a un rapporto più intimo, vista la freddezza e il silenzio che hanno dominato i nostri incontri precedenti, tutti uguali. Clotilde e io sedute vicine, lei di fronte: nessuno parla. I suoi occhi ci scrutano fissi, lasciandoci un senso di paura. Porta il solito pacchetto, con dentro due paste bianche che mangiamo davanti a lei. Qualche volta, per punizione, la suora le impedisce di offrirci il pacchetto, dicendo che non lo meritiamo. La signora rimette via i dolci senza alcun segno di protesta o di difesa nei nostri confronti. Ribadisce la sua autorizzazione a castigarci com'è giusto, e se ne va.

Ma questa volta c'è il fuori programma della passeggiata: Clotilde e io usciamo in strada con la signora, lei davanti e noi dietro. Il percorso è breve, il mio sguardo fotografa rapidamente tutto quello che per me è nuovo: automobili, passanti, insegne di negozi.

Appena dietro l'istituto si trova un palazzo. La seguiamo lì dentro senza sapere di che si tratti, e senza alcuna spiegazione da parte sua. L'edificio mi colpisce moltissimo: ignoro che si tratta di un ospedale, anzi non so nemmeno cosa sia un ospedale.

La prima impressione arriva dall'odore. Un odore forte, che non conosco. Entriamo nell'atrio, saliamo una scala e ci troviamo di fronte a un lungo corridoio. Sul lato sinistro tante stanze, tutte con le porte aperte. Sbircio con curiosità. Tanti letti con gente che soffre: ci sono dei tubicini infilati nei loro corpi. Sale l'angoscia. Dove mi trovo? Cosa mi faranno qui dentro?

Arriviamo all'ingresso dell'ultima stanza, che ha tre letti: due sono vuoti, in quello al centro c'è un giovane. Il suo volto è emaciato, di un pallore che fa male al cuore. È altissimo di statura. È sdraiato sotto le coperte, ma i piedi escono fuori dal letto. Siamo ferme davanti alla porta. La signora cerca di spingerci nella stanza, noi opponiamo resistenza. Dopo una spinta più forte Clotilde entra, io invece me la faccio addosso.

Il ragazzo fa dei cenni col capo ma non parla, sicuramente non può. Il suo sguardo parla per lui, dice che ci vuole vicino. Per convincerci, con una mano protende una scatola rossa di biscotti Oro Saiwa e con l'altra ci invita al suo giaciglio. Finalmente Clotilde si avvicina abbastanza, lui le prende una mano e con l'altra le porge la scatola di biscotti. La signora si siede accanto al letto senza proferir parola. Adesso sono di fianco a Clotilde, il ragazzo stringe anche la mia mano, ma io resto rigida e impaurita. Infine dà a entrambe un bacio sulla guancia: è il primo bacio che ricevo.

Ritorniamo in istituto. Ho in testa mille perché ma non chiedo nulla, né la signora ci dà spiegazioni. Chi era quel giovane?

La domanda rimarrà senza risposta per molti anni, marchiata a fuoco nella mia mente. Rivedrò spesso in sogno il suo volto, riproverò la sensazione che volesse rivelarmi qualcosa, ma l'episodio non avrà seguito e quel mistero non farà che alimentare l'incertezza della mia vita. Molti anni dopo, sarà una necessità interiore a spingermi a indagare, avendo deciso di sciogliere tutti i nodi irrisolti della mia esistenza. Così scoprirò che si trattava di un mio fratello, ammalato di tumore, che aveva voluto conoscerci prima di morire. In un modo che non so spiegare, la rivelazione regala al mio animo un po' di pace.

Qualche tempo dopo capita un altro fatto strano. Clotilde e io veniamo accompagnate all'ingresso dell'istituto. Subito ci preoccupiamo per la chiamata inattesa: non è domenica, non stiamo in parlatorio. Sicuramente c'è qualche punizione esemplare in vista, qualcosa che abbiamo combinato e nemmeno ricordiamo.

Il tragitto sembra interminabile, ho le gambe irrigidite dalla paura. Anche mia sorella è sbiancata in volto e cammina a capo chino.

Invece, seduto su una panca ci attende un signore di mezza età, con i baffi e un fare gentile. Chiede generiche notizie su di noi, come stiamo, come va a scuola. Poi ci tira a sé e ci fa sedere sulle ginocchia, io sulla gamba destra e Clotilde sulla sinistra. Una cosa del genere per me è del tutto inusuale, ma sono troppo intimidita dallo sconosciuto per dire qualcosa, per abbozzare una reazione qualsiasi.

Lui ci prega: «Non dite niente a "lei", mi raccomando» e regala cinquanta lire a ciascuna. Dopo qualche istante ci rimette a terra, ci dà un bacio sulla guancia, se ne va.

Cinquanta lire! Per me sono una somma enorme. Le investo quasi subito, comprando dalla suora cinque pesciolini di zucchero. Le suore li elargiscono rigorosamente a pagamento. I bambini che hanno i genitori e possono disporre di qualche lira ne comprano, destando l'invidia di tutte le altre.

Oggi, con i miei cinque pesciolini, anch'io mi sento importante. Ricca. Lusingata dalle mie compagne. Ma non do niente a nessuna. Quel simbolo di potere me lo tengo stretto in mano. Poi, stanca di stare sempre con il pugno chiuso (anche perché è impossibile far tutto con una sola mano), impacchetto il tesoro e lo nascondo dentro le mutandine. Ogni tanto tocco il malloppo e mi sento bene.

Le suore ci tengono all'oscuro di tutto quanto non riguardi i doveri imposti dall'istituto, il che alimenta in noi le più strane congetture su fatti semplicemente naturali. In fondo al cortile c'è una stanza interdetta a noi piccole, per una specie di severissimo tabù. Invece le ragazzine più grandi, che vivono separate in un'altra ala del collegio (noi le vediamo solo nella mezz'ora d'aria), vi entrano spesso. La fantasia galoppa. C'è chi dice che nella stanza si trovino cose meravigliose che solo le grandi possono vedere. Ma qualcuna di noi ha notato un fatto strano: entrando nella stanza misteriosa, le più grandi vi portano spesso biancheria macchiata di sangue.

È un enigma affascinante, e io m'ingegno per svelarlo. Con un ago mi punzecchio il dito, finché zampilla del sangue con cui macchio le mutandine. Poi faccio in modo che la suora o l'assistente le vedano. La suora mi chiama e, senza spiegare nulla, mi consegna dei panni di stoffa: «Mettili sotto le mutande» dice bruscamente. «E poi li andrai a lavare in quella stanza.» E indica proprio quella, la stanza misteriosa.

Io assicuro che obbedirò senz'altro, non sapendo però che prima di lavarli i panni si dovrebbero macchiare, cosa che naturalmente non avviene. Decido di lasciar passare qualche ora, prima di raggiungere la famosa stanza. Poi, tutta felice di avere ottenuto il mio scopo, mi avvio saltellando per la gioia, cosa per me del tutto inconsueta, ma prima di entrare faccio una gran pubblicità fra le mie compagne, invidiose e meravigliate. Non capiscono come mai abbia potuto ricevere questo premio straordinario, proprio io che sono sempre in castigo.

Entro. Sbalordita e delusa, noto che la stanza è semplicemente una lavanderia. Ci sono dei lavatoi, molti, pezzi di sapone, e dappertutto fili, biancheria, lenzuola stese. Vedo delle ragazze che lavano panni sporchi di sangue, li mettono nelle bacinelle e l'acqua diventa tutta rossa: che impressione! Il mio panno è pulito, ma lo lavo lo stesso, mentre cerco di capire cosa succede. Domando, ma nessuna mi risponde, tutte in silenzio, concentrate nel loro lavoro (il silenzio non è affatto strano, in istituto non si parla quasi mai fra noi). Infine esco dalla stanza: un altro mito si è rapidamente dissolto. Ma la suora si accorge che qualcosa non va, mi chiama e mi chiede di farle vedere il panno di ricambio, che ovviamente è pulito. All'interrogatorio non rispondo nulla, ormai sono diventata impermeabile alle botte. Seguono tre giorni senza cibo. E poi la stanza del cane.

Le compagne e mia sorella, che all'inizio hanno manifestato una certa ammirazione per la mia intraprendenza, ora mi deridono, considerandomi solo una stupida pasticciona. Penso che hanno ragione, mi sono beccata la massima punizione e non ho concluso nulla.

Di lì a qualche mese comparirà il ciclo mestruale, ma è solo al secondo che capisco tutto o quasi: al primo, nessuno mi aveva avvertito che la cosa accade ogni mese.

E viene il giorno della prima comunione. Siamo tutte eccitate. Non per l'evento religioso in sé (un sacramento che in fondo non capiamo), per la semplice novità.

Alcune avranno per la cerimonia un vestito diverso dalle altre, fornito dai genitori. La maggior parte di noi, invece, indosserà il solito vestitino lungo e bianco, quello che mettono alle bambine anche quando muoiono.

Io spero proprio che adesso, avendo una madre, non mi toccherà indossare il detestato vestitino doppio uso. Mi sbaglio. È la prima delusione della giornata. Questo vestito addosso mi sembra foriero di sventure. Mi sento come se mi dovesse succedere qualcosa di ancora più brutto. L'obbrobrio sono le ali, due alucce cucite sulle spalle. Mi danno la sensazione che da un momento all'altro potrei volare in cielo, all'altro mondo, e la sensazione non mi piace affatto.

In chiesa si nota subito la diversità fra le due categorie di bambine. Quelle senza il vestito dell'istituto sembrano più leggere, come se fossero state scaricate da un peso. Una musica sacra sale al cielo, le parole sono incomprensibili perché in latino, ma l'atmosfera è solenne. Noi, in due file, dobbiamo avanzare verso l'altare, cantando le lodi al Creatore. Molte piangono sommessamente, sentendosi ancora più sole. Dio non riesce a consolarci.

In chiesa vedo la signora e non sono affatto contenta: avrei preferito non venisse, visto che mi ha negato la gioia di un vestito diverso. Al momento della comunione mi giro, i nostri occhi s'incrociano ma lei rimane perfettamente immobile: non un gesto, non un sorriso, lo sguardo totalmente inespressivo.

Dopo la cerimonia, alle più fortunate è concesso di passare un'ora in cortile con i genitori. È l'ora delle foto. Anche a Clotilde e a me fanno una fotografia con nostra madre, ma non vedrò quella foto fino all'età adulta. Quell'ora non è per nulla piacevole. Oggi non ha portato nemmeno il solito pacchetto. Ci guarda con aria corrucciata, ostentando fastidio per un dovere subìto malvolentieri, e noi ricambiamo con occhiate altrettanto insofferenti.

Clotilde e io non ci diciamo nulla, ma almeno in questo momento siamo perfettamente in sintonia. Rimaniamo in silenzio a guardare le altre. Finalmente arrivo in camerata e posso liberarmi dal vestito mortifero e dall'incubo corrispondente: ce l'ho fatta, sono ancora viva.

Alla fine dell'anno scolastico cominciano le vacanze. Per noi bambine è solo un nuovo lavoro massacrante: dobbiamo cardare la lana dei materassi e dei cuscini di tutte le persone dell'istituto, collegiali, suore, assistenti.

Il lavoro si fa la mattina. In una stanza mettiamo cuscini e materassi, e a ciascuna viene assegnata una certa quantità di lavoro: si devono scucire i materassi, estrarre la lana e allargare i batuffoli a mano. La suora passa, esamina il tuo mucchio e guai se qualche batuffolo risulta ancora pressato.

Quanta polvere in giro! Quanti occhi arrossati e nasi gocciolanti! La gola, poi, è sempre infiammata. A me si gonfia ora un occhio, ora l'altro, per tutta la durata di quel dannato lavoro. Il pomeriggio, come al solito, si ricama. Ma gli occhi lacrimanti e la gola irritata ci rallentano, per cui la sera arrivano altri ceffoni per il lavoro incompleto o malfatto.

Ogni anno le più grandicelle spariscono. Non sappiamo dove e non ce ne curiamo. Data la poca familiarità che abbiamo tra noi, siamo come piccoli animali selvatici. Alla fine dell'estate, però, non rivedo più mia sorella: dov'è finita?

Mi pongo gli interrogativi più inquietanti, chiedo alla suora e all'assistente ma non mi rispondono. Come mai? Mi sento sbandata e senza un punto di riferimento. Anche se mi respingeva, il solo fatto di vederla mi faceva sentire meglio, mi aiutava a vivere. Adesso la mia esistenza diventa ancora più dura.

Piango ininterrottamente, mi comporto in modo da ricevere sempre le peggiori punizioni, accresco il mio autolesionismo. Le suore non si chiedono il motivo del mio comportamento, delle mie continue ribellioni. Si limitano a castigarmi. Tutto questo dura un anno, un lunghissimo anno durante il quale arrivo a convincermi che Clotilde sia morta e la mia disperazione diventa assoluta.

In seguito saprò la verità: nel nostro istituto c'è soltanto la scuola elementare; le bambine che l'hanno completata vengono trasferite in un altro collegio per la scuola media. A mia sorella è successo semplicemente questo, ma nessuno me l'ha voluto dire.

Durante l'anno della mia quinta elementare costruiscono una scuola media proprio di fronte all'istituto, per cui non c'è più motivo che cambi posto come mia sorella.

Frequento lì la prima media ma, alla fine dell'anno, il mio comportamento "impossibile" spingerà la madre superiora a trasferirmi ugualmente. Devo cambiare aria, sono un cattivo esempio. Non è una decisione dettata da considerazioni umane, è piuttosto un provvedimento disciplinare, ma per me si rivelerà comunque una fortuna. In città gli istituti per le bambine della nostra età sono solo due, così nel collegio dove frequenterò la seconda media ritroverò anche Clotilde.

L'anno della prima media faccio esperienze nuove: intravedo finalmente un pezzettino di mondo esterno. Quella non è più una scuola solo per noi, così in classe ci troviamo tutte insieme, bambine che vengono da famiglie normali e noi bambine abbandonate. La cosa si rivela non proprio piacevole.

È il primo giorno. «Come ti chiami?» chiede l'insegnante.

«Emma» rispondo.

«E poi?»

E poi cosa? Non capisco. Resto muta.

Le altre bambine ridono, prima sommessamente, poi fragorosamente.

L'insegnante prende a scorrere il registro. Va per esclusione.

«Forse sei questa: La Spina» dice.

È così che conosco il mio cognome.

Fino a questo momento non ho mai avuto il senso dell'inadeguatezza, della vergogna, perché ho vissuto sempre fra mie pari. Adesso il confronto – nell'abbigliamento, nel modo di parlare e comportarsi – mi fa soffrire. Mi sento inferiore, ignoro cose elementari, non posso batter ciglio senza fare figuracce. Le compagne di classe e gli insegnanti mi guardano con commiserazione. Mi fanno sentire stupida, fuori posto.

Le altre mi sembrano bellissime, tutto quello che possiedono è splendido: i colori, il diario, l'album per disegnare. Il loro mondo è irraggiungibile. Anche il loro odore è diverso. Dappertutto, ovunque mi muovo, percepisco odori strani, nuovi, buoni. L'odore dei libri e dei quaderni, persino quello degli astucci, dei portapenne e dei pastelli colorati. E non parliamo del profumo delle loro merende: aromi sconosciuti, che col tempo imparo a classificare, prosciutto, mortadella, formaggio.

Il momento della ricreazione è tremendo. Tutti mangiano, io li guardo. Nessuno mi offre niente e così, dopo un po', non resisto e prendo l'abitudine di chiudermi in bagno.

Ho buona volontà, mi piace studiare, ma non ho né i

mezzi né il tempo per farlo. Non possiedo un libro, un quaderno, nemmeno una penna o una matita. Il pomeriggio in collegio è dedicato completamente al ricamo, al rosario e alle pulizie. La sera è l'ora delle punizioni. Ogni giorno, mio malgrado, mi presento in classe completamente impreparata.

Quando l'insegnante mi chiama, al solo sentire il mio nome tremo. Non è paura come in collegio. È vergogna. Il tragitto fino alla cattedra è come camminare a piedi nudi sui chiodi: a volte me la faccio addosso. Qui non ci sono botte, al massimo il castigo dietro la lavagna, ma la derisione dei compagni di classe è un macigno che mi schianta. Sento i loro occhi addosso, l'umiliazione è cocente. La mia sedia spesso è bagnata, nessuna vuol sedermi accanto, "puzzo".

Un giorno, mentre sto per andare al mio posto, l'insegnante di lettere, una donna rigida e scostante, mi ferma: «Vai a sederti là in fondo, per favore». In fondo all'aula, hanno messo un banco isolato e una sedia.

Così a poco a poco nasce in me un odio feroce per questa scuola, che all'inizio mi era sembrata così bella. Rimpiango quella che ho lasciata, più "democratica": almeno là eravamo tutte uguali nelle nostre disgrazie.

Nonostante tutto, vengo promossa. Appena dopo la fine dell'anno scolastico, un giorno la suora mi chiama e mi ordina di seguirla. Tra la curiosità delle mie compagne e la mia apprensione, vado con lei. Attraversiamo il corridoio, il cortile, i portici e arriviamo all'ingresso. Vengo affidata a un'altra suora, mai vista. Cosa sta succedendo? Mi guardo attorno smarrita.

Sulla strada c'è un pulmino giallo, col nome di un'istituto a me sconosciuto. Vorrei chiedere informazioni, ma non riesco ad aprir bocca, sono impietrita. Mi fanno salire, la suora si siede accanto all'autista e partiamo.

È una bella giornata di giugno, calda come lo sono in Sicilia le giornate di tarda primavera. Il sole mi abbaglia ma io non bado al sole, di cui pure avrei tanto bisogno. Mille pensieri affollano la mia mente, ma soprattutto intuisco che non tornerò più lì dove ho vissuto la mia infanzia. Nessuno mi ha rivolto le fatidiche parole: «Prendi le tue cose» semplicemente perché non ne possiedo. Non mi hanno nemmeno fatto salutare le mie compagne. Per loro sarò sparita, così come per me l'anno precedente sono sparite mia sorella e le altre.

Lungo il tragitto non osservo nemmeno il paesaggio dal finestrino: anche se abitualmente sono avida di cose nuove, ora sono troppo agitata. Non so ancora nulla della sorte di Clotilde e dei trasferimenti. Penso semplicemente che è arrivato il mio turno per la punizione estrema: prima mia sorella, ora anch'io scomparirò. Finirò chissà dove, anzi, all'inferno sicuramente, per tutte le "cattiverie" che ho commesso.

Alla fine mi ritrovo in una lunga stradina alberata. In fondo c'è un edificio, più piccolo di quello in cui sono vissuta finora. Una grande scritta campeggia all'ingresso.

3
UNA CURA DRASTICA

Dunque mi trovo in un altro istituto. L'ingresso è grande e disadorno, c'è solo una sedia su cui staziona la suora addetta alla portineria, vestita in modo diverso dalle suore del mio collegio precedente. Non ha il grande cappellone a farfalla, ma un abito più semplice e nero, un copricapo bianco che fascia anche la fronte e sopra il classico velo, sempre nero, un colletto bianco rigido e, appeso al collo, un cordoncino scuro con un crocifisso. All'anulare della mano sinistra porta un anello, su cui è inciso il volto di Cristo.

Mi guardo intorno per raccapezzarmi. Mentre sono ancora disorientata, si fa incontro una suora dal portamento imponente, la stazza pesante e l'espressione indurita: la madre superiora. Mi prende in consegna e m'introduce in collegio.

Mi trovo in un cortile circolare, delimitato da un portico sorretto da colonne rotonde. La costruzione sembra antica, il silenzio regna sovrano. Nemmeno un'anima, tranne noi due. Un collegio pieno di bambini e ragazzi e nessun rumore. Tutto pare in attesa, tutto è sospeso, ho come l'impressione che l'antico istituto, ostilmente muto, non approvi la mia presenza, ma forse è la mia scarsa abitudine alle buone accoglienze a condizionarmi.

I portici danno sui vari servizi: cucina, refettorio, lavanderia, e poi sulla cappella, sulle aule della scuola elementare e sulla sala adibita alla recita del rosario. Al piano di sopra ci sono gli alloggi e le aule della scuola media.

La madre superiora mi fa entrare nella stanza delle preghiere: è una sala grande, con una cattedra e tante sedie occupate da ragazze. Noto subito che non indossano la divisa bianca come quella che porto io, ma abiti diversi. In quel momento mi pare un'esplosione di colori, in realtà predomina il blu: gonne lunghe, camicie accollate a maniche lunghe.

Sono trepidante, perplessa: rimarrò qui per sempre o la mia è solo una visita? Prima di oggi non sapevo che ci fossero altri collegi simili al mio, e mi chiedo come si viva qui.

La superiora parlotta brevemente con le due suore che si trovano nell'aula e se ne va, senza degnarmi di uno sguardo. Una delle due rimaste mi fa cenno di seguirla. Non so descrivere l'aspetto di questa donna dall'età indefinita, perché è uguale a tutte quelle che ho sempre viste, per lo più incapaci di esprimere un gesto di tenerezza, un sorriso.

In silenzio la suora mi conduce al piano superiore, nel dormitorio, che è diviso in vari reparti a seconda dell'età. In fondo allo stanzone, una tenda blu isola una piccola zona in cui sono alloggiate le due suore addette al reparto. Alle pareti, a destra e a sinistra, i letti allineati: un centinaio, tutti accostati, senza sgabello o comodino.

La suora mi dà due di tutto: lenzuola, biancheria intima, abiti. Mi assegna un letto, il decimo a sinistra. Mi fa subito sistemare il letto e poi: «Svestiti e cambiati» mi ordina. Resta lì immobile a fissarmi. Mi tocca spogliarmi completamente davanti a lei e provo vergogna: in fondo un minimo di pudore ce l'hanno anche le bambine abbandonate.

Dentro ai nuovi abiti ci nuoto, le scarpe ci metto un po' di tempo a capire perché quasi a ogni passo mi escono dai piedi: sono di una misura in più della mia. Altro tempo impiego per trovare il rimedio: infilare in fondo alla scarpa della carta appallottolata per riempire lo spazio vuoto. Naturalmente, è lontanissima da me l'idea che verrebbe a qualsiasi altro bambino: chiedere scarpe della misura giusta.

Mi ordinano di buttare la mia vecchia divisa bianca nella spazzatura: allora ho davvero voltato pagina. Dopo i terrori del viaggio realizzo che almeno continuerò a vivere, ho un letto e nuovi abiti: per ora il diavolo può aspettare.

Quando vi parlo di camerata, penserete a singoli armadietti per gli effetti personali, ma per noi non è così. Non abbiamo effetti personali, non possediamo nulla, quindi niente armadietti. Se per caso entriamo in possesso di qualcosa (una caramella, un bigliettino, un soldo) la portiamo sempre con noi, nascondendocela addosso.

L'organizzazione del nuovo collegio è simile a quella dell'altro, ma qui non si fa il lavoro di ricamo, soltanto studio e pulizie, e naturalmente qui come là vige l'ubbidienza assoluta.

Il collegio è solo femminile, per buona parte adibito a scuola elementare e media a cui sono ammessi gli esterni, alunni e insegnanti.

Anche qui, messa ogni mattina e rosario nel pomeriggio. Le preghiere bisogna saperle tutte molto bene, per poterle recitare speditamente. Il problema è che, specialmente quelle della messa, sono in latino: dovrò impararle, anche se non capisco una parola.

Una volta cambiata d'abito, la suora mi accompagna subito alla mensa perché è già ora di pranzo. Il refettorio è più o meno come nel collegio precedente, manca soltanto il tavolo delle spione. La disposizione dei tavoli è quasi la stessa, il numero delle ragazze per tavolo sempre quattro, ma qui manca il cassetto, dove si trovano le posate? Noto con piacere che qui le portano pulite. Il cibo, però, è la stessa sbobba.

Mi assegnano a un tavolo con altre tre, ma al mio arrivo nessuna si rivolge a me con un cenno di benvenuto o uno sguardo di curiosità. Tutto prosegue come prima, come se io fossi una semplice spettatrice della scena. Mi sento completamente sola.

In questo istituto la disciplina è un pochino più mite, a tavola si può anche scambiare qualche parola. All'inizio, però, questo chiacchiericcio mi sembra un rimbombo insopportabile rispetto al silenzio glaciale del refettorio di prima, al punto da farmi sentire a disagio.

A un certo punto il cuore mi si ferma in petto. Laggiù, in fondo a un tavolo, è seduta una bella ragazza bruna, esile, i capelli neri lisci, gli occhi a mandorla, il naso sottile, il volto dai lineamenti fini. È Clotilde, mia sorella?

Adesso il cuore ricomincia a battere, ma forte: tremo tutta, mi sudano le mani e, come al solito in questi casi di grande emozione, mi faccio la pipì addosso. Ma davvero è lei? Vorrei alzarmi per andare a sincerarmene, ma non riesco a schiodarmi dalla sedia.

Il pranzo finisce in un lampo, nemmeno mi ricordo cos'ho mangiato. Tutte cominciano a uscire, lei mi passa davanti, circondata da una piccola corte di ragazze e parla gesticolando. Riconosco a stento la sua voce, dopo quasi due anni (tanto tempo è passato): i bambini cambiano molto in fretta, specialmente quando si avviano alla pubertà. Anche fisicamente Clotilde mi pare diversa, ma la riconoscerei tra mille, anche se avesse completamente un altro aspetto, un'altra voce. Come sempre spicca fra le altre, e tutte le fanno corona.

Mi tremano le gambe ma m'impongo di alzarmi, per non perdere l'occasione di raggiungerla. Ho paura che svanisca e mi sfugga, come se non fosse reale, solo una visione. Le vado dietro e timidamente busso con un dito alle sue spalle, non riuscendo a spiccicare parola. Sono preoccupata per l'accoglienza che mi riserverà. Stringerà al suo cuore la sorellina ritrovata o si ostinerà a ignorarmi, come prima?

Lei si volta: «Cosa vuoi?». Poi mi osserva meglio e mi riconosce. Siamo in mezzo alle altre, che assistono con curiosità alla scena.

Ho sofferto tanto la sua mancanza, ho reagito con rabbia alla sua scomparsa, ribellandomi in continuazione e ricavando ogni sorta di castighi. Non c'è stato giorno che non ho pianto per lei: questo momento dovrà ripagarmi di tutto, ridarmi la sorella perduta.

Ma lei mi guarda con distacco: né un gesto né una parola.

Infine riesco a dire con la voce che mi trema: «Sono Emma, tua sorella».

E lei, tranquillamente: «Ah. Che ci fai qui?».

«Sono stata assegnata a questo istituto.»

«Bene, fatti le tue amicizie e non mi stare appiccicata.»

Per due anni ho creduto che non l'avrei più rivista, tranne nei miei pensieri e nei miei sogni: l'ho creduta morta o finita chissà dove, lontano lontano, irraggiungibile. Ora eccola qui, indifferente. Preferirei morire mille volte che subire il suo rifiuto: mi sento brutta, inutile, sporca. Anche le altre mi osservano sdegnate, come se avessi commesso un sacrilegio, osando mettermi alla pari della loro beniamina.

Clotilde si allontana e tutte la seguono.

Siamo nel periodo estivo, quindi ancora niente scuola. La nostra principale attività è la pulizia a oltranza e sotto stretto controllo. La fatica è tanta perché per lavare i pavimenti non si usano stracci, ma vecchi maglioni o indumenti di lana dismessi. Pieni d'acqua, pesano tantissimo: strizzarli è una tortura. Stiamo tutto il giorno a quattro zampe a strofinare. Si usa la candeggina e una polvere bianca, abrasiva. Le mani e le ginocchia sono ridotte malissimo e io ho un perenne mal di schiena.

Stranamente, le suore controllano con molta severità il lavoro di pulizie generali (guai a non eseguirlo bene, te lo fanno rifare da capo) ma non si curano per nulla della nostra pulizia personale. Possiamo essere sporche fino a puzzare, ma a loro non interessa. Gli oggetti per la pulizia personale, sapone, shampoo, spazzolino e dentifricio, sono opzionali. Se qualcuna ha i genitori che li fornisce bene; in caso contrario, se ne fa tranquillamente a meno.

Qui, però, complessivamente si vive meglio. Non c'è la tortura della sete, basta aprire un rubinetto qualsiasi e bere a volontà. Non c'è il rendiconto serale delle punizioni, il piede sulla schiena o altre sevizie, solo schiaffi, pizzicotti e comuni castighi.

C'è anche più tempo per stare in cortile fra noi, ma io tendo a isolarmi. Clotilde è diventata un'ossessione: la guardo da lontano mentre chiacchiera, gioca, canta. Le nostre canzoncine sono comunque e sempre quelle liturgiche, non ascoltiamo altro. Lei si distingue per la sua bella voce, la più alta di tutte. Io sono invidiosa di quelle che le stanno intorno.

La notte mi dispero. Appena spenta la luce, le bambine aspettano che le suore si addormentino e iniziano i movimenti. Sento il chiacchiericcio delle compagne, conosco la posizione dei letti e vedo quelle che vanno da lei, a contarsela e a ridere. Io invece resto sola: non voglio nessun altra che lei e piango, piango.

Ma con l'età qualcosa è cambiato in noi ragazzine, lo avverto nell'aria, nei comportamenti: come un senso di accresciuta dignità personale, che ci trattiene dall'esibire atteggiamenti goffi o ridicoli. Io stessa conservo le mie manie (arrotolo la camicia da notte, mi succhio l'indice) ma adesso ho vergogna a farmi vedere. Durante la giornata, nei momenti difficili, cerco conforto nel mio solito rituale. Per farlo sto in bagno ore intere, nessuno viene a cercarmi: non conto niente per nessuno, penso, potrei anche morire e nessuno se ne accorgerebbe.

Il nuovo ambiente non mi dà stimoli, niente che mi interessi e mi distolga dai pensieri cupi: tutta l'estate trascorre in un clima di disperazione. La delusione per l'atteggiamento di mia sorella è stata tale che non riesco a capacitarmene e a superarla. Non so reagire, se non isolandomi sempre più: non mi faccio un'amica che sia una, piango continuamente, nessuno ci fa caso. In futuro queste cose le chiameranno sindromi depressive, ma in collegio si riderebbe di un'espressione simile: qui non c'è spazio per queste "stupidaggini".

Un giorno la suora chiama Clotilde e me e ci presenta a una donna di mezza età, elegantemente vestita, con tanti braccialetti che tintinnano a ogni movimento e una bella collana che fa la sua figura sul petto prominente: la donna emana un buon profumo ma sembra molto indaffarata, ci dedica un attimo appena. È insofferente, tutta un movimento.

«Sono l'assistente sociale a cui siete state affidate, e mi prenderò cura di voi.»

Aggiunge che abbiamo altri fratelli, tutti in istituti diversi. La signora non ha la patria potestà sui suoi figli, quindi non può portarci a casa sua, nemmeno per brevi periodi. L'assistente sociale annuncia queste cose restando in piedi, come se dovesse subito occuparsi d'altro.

Dunque oltre a Clotilde ho altri fratelli. È strano: nella mia vita, le rivelazioni importanti mi arrivano sempre in modo sbrigativo, quasi incidentalmente. Come fossero cose di poco conto, come se mettermi a parte del mio destino per gli altri fosse una perdita di tempo. In ogni caso la donna che dovrebbe "prendersi cura di me" non si farà più vedere, almeno per tutto il tempo che passerò in questo istituto, cioè un anno.

Finalmente termina l'estate maledetta, arriva il momento della scuola: qualcosa in cui impegnarmi, che mi strappi alla mia solitudine lacrimosa. Non tutte le ragazze dell'istituto superano regolarmente gli anni scolastici, e poche di noi arrivano a frequentare la scuola media. Quest'anno nella mia classe di seconda media le alunne sono addirittura tutte esterne, tranne me.

Mi hanno assegnato il primo banco, l'aula è piccola, siamo molto vicine, strette le une alle altre. Per me, però, quell'aula è come un deserto, le compagne sono una razza aliena: troppo diverse nel modo di vestire, di comportarsi, di pensare, anche il loro odore è diverso. C'è un muro di vetro fra me e le altre, semplicemente non esisto. Soffro nel vedere il loro comportamento sicuro, spensierato, socievole. Soffro nel vederle mangiare le loro merendine, anche se ormai dall'anno scorso so cosa fare: resto nascosta in bagno per tutto il tempo.

Nemmeno in classe partecipo ai lavori di gruppo, mi isolo e basta. Il profitto va malissimo. Sono sempre impreparata, per il mio amor proprio è dura accettarlo. Soffro delle figuracce che faccio con l'insegnante.

Per Clotilde è tutto diverso. Lei riesce a legare benissimo anche con le ragazze esterne, la vedo in corridoio che parla e ride. Anche per loro è diventata un punto di riferimento, si vede da come la cercano, da come le stanno intorno.

Il momento peggiore è l'ora di studio individuale, nel pomeriggio. L'ora dei compiti. Per me è semplicemente assurdo. Mentre le esterne studiano a casa loro, io sola devo sedermi nello stesso posto del mattino, senza insegnante, a studiare. Ma senza quaderni, penne e libri, che non possiedo. Ogni pomeriggio mi ritrovo a rintanarmi in solitudine, a non far nulla, a rimuginare brutti pensieri e a piangere per la mia condizione.

A un certo punto l'insegnante di educazione tecnica si accorge che non ho il necessario per eseguire i lavoretti da lei assegnati e mi mette in castigo dietro alla lavagna. Proprio quel giorno il professore di italiano e latino entra in classe durante l'ora di educazione tecnica per parlare con la collega. Mi vede dietro alla lavagna. Non dice nulla e se ne va.

Alla fine dell'ora mi chiama e mi domanda: «Emma, come mai eri in castigo?».

Con fatica, tra le lacrime, riesco a spiegargli il motivo. Oltre alla mia estrema timidezza, parlare con un uomo è ancora più difficile. E poi non sono abituata a parlare di me, a dire quello che provo e cosa mi manca. La privazione per me è sempre stata la condizione normale, non mi viene nemmeno in mente che potrei avere qualcosa di mio.

Resosi conto che non ho libri né quaderni, con molta delicatezza, senza lasciar trasparire nulla agli altri, mi regala un libro, dei quaderni e delle tesserine per fare un mosaico durante l'ora di educazione tecnica.

Mi chiede: «Cosa ti piacerebbe come soggetto da rappresentare?».

«La Madonna col velo azzurro.»

Finalmente possiedo un libro, i quaderni, le tesserine per fare la Madonna. Le prime parole che gli dico quando mi porta il materiale sono: «Tutto per me?».

Non riesco a capacitarmi della mia fortuna. Ora il pomeriggio, nella solitudine della classe, ho qualcosa da fare. Il libro è bellissimo, annuso con voluttà il suo odore di nuovo. Comincio a scrivere il mio diario. Scrivo e piango. Il quaderno inzuppato di lacrime raddoppia in fretta il suo volume.

La mia consolazione dura poco. Il rifiuto di Clotilde è come un tarlo che mi divora l'anima e non mi dà pace. Un giorno, disperata, prendo il coraggio a due mani e l'affronto: «Sei mia sorella. Ma perché fai così?».

«Lo vuoi capire che non devi considerarmi una sorella? Lasciami in pace. Arrangiati un po' da sola!»

È troppo. Quel giorno decido che, per protesta al mondo intero, mi chiuderò nel silenzio, non parlerò più con nessuno.

Nei primi tempi nessuno se ne accorge. Del resto, sono sempre stata invisibile. Le suore non ci fanno caso: normalmente non hanno niente da dirmi né io a loro. A scuola è quasi lo stesso. Non rispondo agli insegnanti, ma loro non se ne curano, vista la mia cronica impreparazione. L'unico che si rende conto di questo mutismo ostinato è il professore di lettere. Si affanna per convincermi a comunicare, ma io zitta.

Sicuramente è lui che informa le suore, perché quella addetta al mio reparto comincia a farmi un vero interrogatorio, aiutandosi con schiaffi e pizzicotti: «La vuoi finire con questa farsa? Comportati normalmente, come tutte le altre!».

La mia reazione è di non alzarmi più dal letto, cosa ritenuta gravissima per la disciplina dell'istituto. A quel punto il mio comportamento irremovibile, e forse anche la pressione del professore di lettere, spingono le suore a prendere seri provvedimenti.

Una mattina una suora mi ordina bruscamente di alzarmi: «Ti portiamo all'ospedale!».

Per me la parola ospedale resta misteriosa, anche se ci sono già stata una volta. Comunque finalmente uscirò, scoprirò qualcosa di nuovo: certo è meglio che stare chiusa in istituto. Così non me lo faccio ripetere due volte e, senza sapere cosa mi succederà, salto fuori dal letto e mi vesto in fretta e furia.

Passo tra le compagne, che mi osservano incuriosite e forse invidiose perché vado fuori. Le loro occhiate mi gratificano. Mi sento molto furba, per essere riuscita a mettermi per una volta al centro dell'attenzione. Incontro anche lo sguardo di Clotilde: con un'occhiata fugace provo a comunicarle il mio stato d'animo, la sofferenza che provo a causa sua. Quello che mi rimanda lei esprime la solita indifferenza.

Col pulmino giallo ci rechiamo in un ospedale cittadino, non molto lontano dall'istituto. Per prima cosa entriamo in un grande locale pieno di ammalati e di feriti: è il pronto soccorso. Sento gente che si lamenta, parenti che scoppiano in lacrime, le sirene delle ambulanze che scaricano barelle.

Dopo una lunga attesa viene il nostro turno. La suora mi presenta al medico come «una bambina difficile, molto nervosa» e conclude: «Adesso non parla più».

Il medico pensa che il mio sia un disturbo mentale, mi sottopone a una rapida visita e poi dice: «Bene, la ricoveriamo alla neuro». Mi affida a un'infermiera.

La suora va subito via. Se in quel momento sapessi cos'è la neuro, la seguirei di corsa. Ridiventerei loquace, canterei addirittura. Invece, ignara di ciò che mi aspetta, vado fino in fondo.

L'infermiera mi conduce per vari corridoi fino a una stanza con otto letti, quattro da una parte e quattro dall'altra: di fronte c'è una finestra con le sbarre di ferro. All'ingresso mi blocco: nei letti ci sono tutte donne adulte, hanno sguardi che fanno paura, dall'espressione furibonda a quella più assente. Una dondola leggermente, una ride senza motivo, chi parla da sola, chi grida, sedute sul bordo del letto o coricate.

Presa dal panico non voglio saperne di entrare, ma l'infermiera mette fine alle mie resistenze e mi assegna un letto. Io, tanto per cominciare, mi faccio la pipì addosso, e questo infastidisce parecchio l'infermiera. La suora non ha lasciato nessun cambio per me, nemmeno la camicia da notte. Mi fa sedere sulla sedia vicina al letto, mi ordina di non muovermi e si allontana dopo avermi rimproverata: «A quest'età ancora te la fai addosso, non ti vergogni? Ora come facciamo? Non hai nulla da metterti!».

Rimango lì, indifesa, in quell'ambiente che trasuda disordine e follia. Resto aggrappata alla sedia, con gli occhi chiusi per tutto il tempo, ma non posso fare a meno di udire rumori e voci. Quel mondo strano mi angoscia, mi rendo conto di avere fatto un grosso sbaglio. Sarebbe facile uscire dall'incubo, basta aprir bocca e parlare, ma temo troppo la reazione violenta delle suore, per cui decido di prendere tempo.

Arriva l'infermiera con il cambio e un pigiama. È gigantesco, evidentemente non ci sono bambini in questo reparto. Trovo strani i pantaloni del pigiama, visto che non ne ho mai indossati, ma anche le scarpe ai piedi delle altre degenti: leggere, di stoffa, non ne ho mai viste così. Saprò poi che si chiamano ciabatte; comunque io non ne ho e indosso le mie scarpe bagnate, che poi si asciugano sotto la sedia lasciando un cattivo odore.

Mi cambio più velocemente possibile, perché per farlo mi tocca aprire gli occhi e quello che vedo mi mette paura. Subito m'infilo nel letto. Mi copro la testa col lenzuolo in modo da sentirmi nascosta e protetta.

Il mio letto è in posizione favorevole per osservare l'ambiente. Si può vedere la porta e parte del corridoio. Così, ogni tanto, da sotto il lenzuolo, do una sbirciatina, specie quando avverto suoni particolari. A un certo punto ecco un rumore metallico di pentole e mestoli che sbattono e un profumo invitante diffondersi nella stanza.

Sbirciando, intravedo un carrello e l'infermiera che versa qualcosa nelle scodelle e prepara vari piatti. Sistema tutto nei vassoi. Otto vassoi, quindi ce n'è anche per me.

Mi chiama per nome, ma io rimango sotto il lenzuolo, così lei posa il mio vassoio sul comodino. Alle narici mi arriva un odore intenso di buon cibo: cambio angolo di osservazione, adesso sbircio dalla parte del comodino e cerco di capire cosa c'è da mangiare. Visione incantevole: una ciotola con minestrone, un piatto di carne e insalata, una mela e un intero panino. Tutto per me? Possibile?

Valuto sottecchi cosa prendere. Prima le posate o la ciotola con la minestra? Decido la sequenza, poi memorizzo la posizione degli oggetti e calcolo i movimenti. Mi faccio coraggio, afferro rapidamente e porto via via le prede sotto il lenzuolo. Mangio tutto, tranne il pane che nascondo per consumarlo dopo.

Per tutto il giorno resto sempre nascosta, ma pian piano

escogito un sistema per convivere con la mia paura. Basta non guardare in faccia nessuno e tapparmi le orecchie nei momenti difficili. Ogni tanto trovo del cibo sul comodino, pane o frutta, tiro fuori una mano e arraffo. Penso che in quel posto diano continuamente da mangiare e a me sta più che bene, così sazio finalmente la mia fame antica, ma poi capisco che quel cibo me lo mettono sul comodino le altre degenti. Nonostante le loro condizioni mentali, si sono impietosite al vedere tanta fame in una bambina. Penso che sarebbe bello condividere quella fortuna con mia sorella. Penso che questo aumenterebbe un poco la sua considerazione.

La sera, a cena, accade la stessa cosa: sotto il lenzuolo faccio un banchetto paradisiaco. Ma poi si spengono le luci. La notte è interminabile. I suoni, le voci, i lamenti strazianti. Ogni tanto sento la voce dell'infermiera che cerca di calmare i più agitati. Io invece, per combattere l'angoscia, mangio quel che mi resta, poi faccio delle palline con la mollica di pane e le uso come tappi per le orecchie.

Arriva il mattino. Dal mio piccolo osservatorio avverto molta agitazione. Sento il rumore degli zoccoli di legno delle infermiere, vedo uomini col camice bianco che vanno e vengono. Finalmente, la colazione.

Sotto il lenzuolo scopro cose nuove: un barattolino di plastica minuscolo, cosa contiene? Lo studio bene, capisco che c'è una linguetta per aprirlo, e dopo qualche tentativo ci riesco. Dentro c'è qualcosa di morbido, colorato e appiccicoso, l'assaggio con il dito, è dolce, buonissimo: ho scoperto la marmellata. Un altro mistero: un involtino di stagnola cela un cubetto giallo, morbido. Lo inghiotto in un boccone, ma questo non ha un buon sapore, anzi lo trovo un po' nauseante: è il burro.

Più tardi arrivano due signori in camice bianco e gentilmente mi convincono a uscire dal mio nascondiglio. Uno di loro mi visita minuziosamente: la bocca, la gola, le orecchie, il petto. Nel contempo mi fa domande a cui io faccio attenzione a non rispondere verbalmente, ma solo a cenni, per fargli capire che comprendo cosa mi chiedono. Dopo la visita, i due si scambiano parole incomprensibili e vanno via. Più tardi mi sottopongono ad altri esami e infine per quel giorno mi lasciano in pace sotto al mio lenzuolo.

Il giorno dopo, un'infermiera mi chiede di seguirla: infilo le mie scarpe ormai asciutte e vado con lei. Attraversiamo lunghi corridoi su cui si aprono stanze dalle quali provengono rumori e grida strazianti. Mi rimbombano nelle orecchie. Seguo smarrita l'infermiera, standole quasi attaccata, finché giungiamo in una stanza particolare.

Ci sono fili e insoliti macchinari ovunque, sedie con braccioli in cuoio, strumenti bianchi con le lancette nere e pannelli con molti pulsanti. Mi fanno salire su una pedana in ferro e appoggiare la schiena a un'asta metallica. Mi bloccano mani e piedi con stringhe di cuoio. Mi fissano la testa a un palo con una striscia metallica. Mi attaccano alla fronte un gran numero di fili. Sono già terrorizzata per quello che mi stanno facendo e ancora non so cosa dovrò sopportare. So che potrei risolvere tutto parlando, ma la paura per come reagiranno le suore alla notizia del mio imbroglio mi blocca. Cerco di farmi coraggio, pensando che in fondo anche oggi potrò mangiare a volontà.

Improvvisamente sento un dolore violentissimo alla testa. Comincio a tremare, a vibrare senza sosta. Non so quanto dura la tortura: un secondo, un minuto o dieci, il tempo in queste condizioni perde il suo valore. Alla fine, quando mi staccano dalla macchina, mi affloscio senza forza: loro mi afferrano e mi mettono su una barella. La testa ancora mi pulsa, mi si spaccano le tempie, e durante il percorso comincio a vomitare. Mi riportano in camera quasi incosciente. Salto il pranzo, perché non sono in grado di compiere il minimo movimento. Non grido, anche se ne avrei l'impulso, e non so perché. Forse il terrore delle future punizioni è più forte del dolore. Forse in questo momento mi risulta proprio impossibile articolare suoni. La sera e durante la notte pian piano riprendo la mia coscienza abituale, ma non le forze: sono spossata, come se mi avessero picchiata per ore.

La mattina dopo subisco la stessa tortura. Questa volta so cosa mi aspetta, e per prendere tempo chiedo di andare in bagno, ma poi la pena risulta inevitabile. Appena arrivata nella stanza della macchina mi urino addosso, ma la cosa non fa desistere i medici dal loro proposito. Mi legano e iniziano le scosse.

La mia terapia si chiama elettroshock. Rimango per tutto il giorno imbambolata, le orecchie mi ronzano. Non capisco più nulla di quello che mi dicono. Le degenti nella mia stanza, che prima mi spaventavano, adesso non esistono più.

Subisco lo stesso trattamento per quattro giorni. La mattina ascolto spaventata i passi del personale che si muove nel corridoio. Temo sempre che ogni passo sia per me, che vengano a prendermi, fino a quando si fermano davanti al mio letto, e allora non riesco a far altro che piangere in silenzio.

Uno di quei giorni, nel pomeriggio, mi pare di udire la voce della signora che parla con l'infermiera. Apro un momento gli occhi, perché temo che sia veramente lei: quando la riconosco li chiudo immediatamente, mi copro e fingo di dormire. Lei si avvicina, solleva il lenzuolo, mi vede addormentata e se ne va senza dir nulla.

Il quinto giorno decido che non ne posso più, devo assolutamente tornare a parlare. Quella notte vado in bagno e mi esercito perché in realtà, dopo tanto silenzio, non mi viene facile articolare le parole. La mattina seguente, sicura di avere riacquistato la padronanza della mia voce, aspetto che arrivi il medico. Mi rivolge delle domande e io finalmente rispondo. Mi pare molto contento: il suo viso s'illumina. Baldanzosamente, dice che è riuscito a risolvere il caso. In giornata è tutto un andirivieni di medici al mio letto, che mi guardano con interesse, fieri che la scienza abbia trionfato. Il medico che mi ha "curata" spiega ai colleghi riuniti l'utilità di quella splendida macchina.

Il giorno dopo mi dimettono. Prima di andare via mi imbottisco le mutande di tutto il cibo che riesco ad arraffare: pezzi di pane, burro, marmellata, una mela. Per fortuna porto sempre un vestito troppo largo. Quel cibo, in istituto, lo centellinerò per giorni.

Non racconto nulla alle mie compagne, e nemmeno a Clotilde. Vorrei confidarmi, piangere con lei, ma il suo atteggiamento me lo impedisce: mi degna appena di uno sguardo, nemmeno mi chiede dove sono stata e cos'ho fatto in tutto questo tempo.

In collegio trovo una novità. Sono arrivate alcune ragazze nuove, che provengono da esperienze e ambienti del tutto diversi dal nostro. Dietro quelle espressioni aggressive, a volte feroci, si indovinano famiglie dilaniate dalla violenza o dalla follia, o addirittura contatti precoci con la criminalità. Subito s'impongono a noialtre con la violenza.

Pretendono che ubbidiamo loro in tutto, altrimenti sono calci, schiaffi, pugni. Anche le suore, che pure erano il nostro terrore, adesso vengono spesso aggredite: ora abbiamo nuovi padroni. Quando arrivano al limite della sopportabilità, vengono allontanate e condotte ai "collegi di correzione", ma prima rimangono da noi per tempi più o meno lunghi. Tutte si piegano al loro volere, per evitare aggressioni e percosse. Anche Clotilde, che pure esercita un ascendente sulle altre bambine, di fronte all'ottusa brutalità deve cedere.

A scuola rivedo il professore di lettere, che si mostra contento del mio ritorno. Vorrei raccontargli tutto per liberarmi del peso che ho sull'anima, ma non ci riesco. Non parlo a nessuno dell'elettroshock, una sorta di pudore me lo impedisce.

Pian piano, riprendo la mia vita. Con i libri forniti dall'insegnante, il pomeriggio posso studiare: divento piuttosto brava in latino e nelle altre materie letterarie. Adesso le compagne mi chiedono di aiutarle, e io lo faccio in cambio di piccoli favori: il prestito di un libro o la copia dei compiti di matematica. Riesco anche a terminare il mio mosaico: la Madonna viene molto bene. È una bella soddisfazione, anche se minima, una goccia nel mare.

Frequentando la scuola aperta agli esterni, prendiamo sempre più coscienza della nostra situazione: siamo povere, sporche, puzzolenti, affamate. Nel nuovo istituto i nostri bisogni, anche se ridottissimi, vengono del tutto trascurati, non diversamente che nell'istituto precedente. Non possediamo neanche un pezzo di sapone, uno spazzolino da denti, della biancheria intima. Una suora tiene un botteghino, una specie di spaccio, in cui vende quello che ci servirebbe, dentifrici, saponette, assorbenti, shampoo e così via. Chi può permetterselo li compra, chi non può ne fa a meno. Oppure si arrangia, cioè li ruba alle altre.

Confronto alle esterne non solo siamo più sporche, siamo anche più ignoranti, non sappiamo nulla di quello che succede nel mondo. Loro canticchiano le canzoni del momento. Noi non le abbiamo mai sentite. È una delle cose che ci deprime maggiormente e ci fa sentire inferiori. Viviamo chiuse in una scatola, grande come la cinta muraria dell'istituto.

Mi scopro a detestare le esterne e il loro mondo, reagisco alla mia inferiorità rifiutando loro e tutto quello che rappresentano. Se riesco a sopravvivere a scuola lo devo ai libri che il professore di lettere mi ha regalato, e all'impegno nello studio che mi consente di mettermi al pari delle altre. Capisco che anch'io valgo qualcosa. Ma l'estrema povertà rimane: il fatto di dovermi arrangiare, rubacchiando qua e là, mi fa stare male. A scuola non m'importa di alleggerire lo zaino di qualche antipatica esterna, ma in istituto so di togliere a chi è nelle mie stesse condizioni, anche se in quei momenti il mio bisogno mi appare più forte di tutto.

Un giorno una delle ragazzine ospitate per breve tempo porta con sé un paio di pattini a rotelle. Da poco è cambiata la madre superiora, la nuova arrivata ha idee più moderne: permette di pattinare nel cortile, il che tra noi scatena la caccia ai pattini. Le ragazze che hanno i genitori e che possono permetterselo prendono l'abitudine di pattinare sotto gli occhi invidiosi delle più indigenti. Si cominciano a tessere accordi, per avere in prestito per qualche minuto un paio di pattini. Clotilde, benvoluta da tutte, li ottiene facilmente, le più prepotenti se li prendono con la forza. A volte le proprietarie cedono i pattini per ottenere favori. Io rimango all'asciutto. Sto a guardare le altre che mi passano veloci sotto il naso. Ma all'istituto le feste durano sempre poco per tutti. Alla fine la superiora troppo "moderna" viene allontanata, e i pattini spariscono dal cortile.

Termina l'anno scolastico, e la prospettiva dei mesi estivi mi appare insostenibile.

La scuola mi impegnava, mi dava qualche piccola gratificazione. Potevo fare bella figura davanti a tutti, sentirmi per una volta almeno un po' importante. Ma con la fine delle lezioni tutto questo svanisce, e intanto cresce in me la consapevolezza della mia prigionia, e l'odio per questa condizione.

Adesso, nei momenti liberi, anziché stare in cortile con le altre, mi ritiro nell'aula e rimugino i miei pensieri (spero sempre che mia sorella mi venga a cercare, ma invano). Pian piano, un'idea affascinante e pericolosa prende forma nella mia mente. Fuggire via da lì. Via per sempre.

Dal cortile si può osservare il portone d'ingresso, che spesso rimane aperto. Il lungo viale alberato e, al termine, il cancello di ferro che sbarra la nostra esistenza. Poi, fuori, la pubblica via, con la vita in fermento. È deciso. Scapperò per tuffarmi nel mondo.

Davanti al portone, vicino al pulsante che apre il cancello, sta sempre di guardia una vecchia suora, seduta su una sedia. Ogni tanto si appisola e dorme in quella posizione, miracolosamente senza cadere. Dopo lunghi appostamenti, ho studiato bene le mosse da fare. Così, un pomeriggio, attendo che la suora si appisoli e, strisciando per terra, passo sotto la sua sedia e guadagno l'uscita.

Corro lungo il vialetto, il cancello è aperto perché ho azionato il pulsante. Ecco, sono sulla soglia. Mi affaccio sul mondo esterno ma, improvvisamente, ciò che vedo mi fa paura. Cosa mi accadrà là fuori? Non sono più sicura di volerlo scoprire. Pericoli mostruosi e inenarrabili si proiettano nella mia fantasia. Comincio a tremare. La reclusione dell'istituto mi appare in un momento sotto una luce diversa: una dimora sicura, l'unica possibile. Rimango per un lungo istante con una mano sul cancello a metà della soglia, senza riuscire a varcarla. Infine lo richiudo e corro dentro. Ripasso sotto le gambe della suora immersa nel sonno dei giusti e raggiungo il cortile.

Nei giorni seguenti, quella fuga abortita accresce in me l'angoscia, la solitudine, lo sconforto. Spesso la notte sono in preda agli incubi generati dall'elettroshock, che mi accompagneranno per moltissimo tempo. La realtà stessa mi appare ormai un incubo. Da tempo sospetto che tutto ciò che di bello e consolante predica il sacerdote sia un cumulo di bugie. La realtà è un'altra. Il Dio che si è fatto uomo e ha sofferto per noi, non lo comprendo. Cristo, che secondo preti e suore si trova sempre accanto a noi, ci ha abbandonato. E l'angelo custode di cui parlano, dov'è?

Tutto mi sembra una gigantesca ipocrisia. La confessione, obbligatoria, sopra tutto. Devo confessare i miei peccati al sacerdote ma, ogni volta, mi lambicco il cervello per trovare cosa dire. I veri peccati che commetto, cioè qualche furto, non sono affatto disposta a rivelarli, perché temo ritorsioni. Invento peccatucci inesistenti, inerenti l'obbedienza e la preghiera: in fondo sono quelli che il sacerdote vuole che gli confessi.

Sola nella mia aula, giorno dopo giorno, mi confido con il mio diario e arrivo a pensare che non vale la pena vivere. Così decido di fuggire di nuovo, ma questa volta da tutto e da tutti. Vado in lavatoio. Forzo un armadietto, rubo una bottiglia di candeggina e la porto in classe. Rimane sul mio banco, accanto a me, a farmi compagnia per ore. Scrivo le mie ultime volontà, bagnando abbondantemente di lacrime il mio amato diario, sperando che, all'ultimo momento, mia sorella apra la porta e venga a salvarmi.

Piano piano, con fatica, butto giù un primo sorso dalla bottiglia. Un sapore ributtante. Mi sento bruciare dentro, all'inizio vomito, ho gli occhi fuori dalle orbite, ma ce la faccio a bere tutto. Mi sforzo di resistere a nuovi conati di vomito, per non rigettare il veleno.

Mi ritrovo in ospedale, in un lettino: il dottore, un'infermiera e la suora mi torturano, infilandomi un tubo in gola e c'è acqua dappertutto. La lavanda gastrica mi salva la vita.

Rimango ricoverata in ospedale per curare i postumi del mio gesto. Un agente di polizia mi interroga. Anche altre persone (saprò poi che sono giornalisti) mi chiedono il motivo, ma non rispondo a nessuno. Sul giornale locale scrivono genericamente che una ragazza dell'istituto, in un momento di sconforto, ha tentato il suicidio. Lo so perché in ospedale un'infermiera lo riferisce in mia presenza alle altre degenti.

Una volta dimessa mi riportano in istituto. Non vorrei rientrare, ho vergogna di quello che penseranno le mie compagne, specialmente Clotilde. La notizia del mio gesto, infatti, si è sparsa fra le ragazze. Da loro non mi giunge alcun gesto di solidarietà, solo critiche per la stupidaggine che ho fatto. Mi ritrovo in cortile, alcune si avvicinano e mi insultano. Anche mia sorella è presente.

La prendo in disparte: «Non l'ho detto a nessuno che l'ho fatto per te».

«Per me?» risponde sdegnata: «E perché ?».

«Perché tu sei mia sorella ma non mi vuoi bene.»

Clotilde scuote il capo: «Tu devi stare lontana da me,» dice «somigli troppo a "lei"».

Forse adesso comincio finalmente a capire il motivo dell'avversione di Clotilde nei miei confronti.

Anche in questo istituto c'è un parlatorio, in cui vengono ricevuti i genitori. Quest'anno la signora si è fatta vedere solo un paio di volte. Il pacchetto che ci porta adesso non contiene più dolciumi, ma un pollo arrosto e due birre. Pretende che mangiamo e beviamo davanti a lei, in piedi, senza piatto e posate. Al nostro rifiuto, ci invita a uscire dal parlatorio, ci porta nel vialetto alberato davanti all'istituto e ci impone di mangiare e bere. Io mi ribello. Mi becco un ceffone ma resisto, caparbia. Clotilde invece cede e, con uno sguardo sottomesso, beve la birra e manda giù il pollo. Che strana donna la signora. Dopo il rituale, soddisfatta, senza mai chiederci nulla, se ne va.

La mattina di una domenica, però, con nostra grande meraviglia, ci conduce con sé fuori dall'istituto. Per più di mezz'ora la seguiamo per le vie fino a un quartiere antico e popolare: stradine piccole, tortuose, dove predomina il nero, il colore della pietra della mia città. Entriamo in un grande portone: un atrio antico mostra un palazzo un tempo fastoso. Le finestre sono adorne di cornici in pietra, che in passato era stata bianca, due scaloni ai lati portano ai piani nobili. Oltre l'ingresso c'è un grande cortile, in fondo una piccola scala e sul pianerottolo una sola porta. La signora l'apre e siamo nel tinello di casa sua: un tavolo, due poltrone, qualche mobiletto è tutto l'arredamento del locale.

Sorpresa! Di fronte a noi sta seduto un giovane magro, alto, dai lunghi capelli neri, sul volto ha un'espressione triste.

La signora pare contrariata al vederlo: «Cosa fai qui?» domanda.

«Nulla, voglio stare con te» risponde lui.

Poi si alza in piedi: è altissimo, mi mette in soggezione. Gli uomini per me sono un mistero. Questo poi: così alto, magro, con quegli occhi neri, profondi, e uno sguardo che sembra una richiesta d'aiuto.

Rimaniamo tutti in silenzio, la signora ci invita a sedere e poi porta del cibo. Non riesco a guardare il giovane di fronte a me senza turbarmi, mentre lui ci fissa con mute domande. Per evitare quegli sguardi imbarazzanti, mi abbasso fingendo di allacciarmi le scarpe. La visita non dura molto, subito dopo pranzo ci accingiamo a uscire. Il giovane si avvicina. Io tremo, al contatto di quell'uomo altissimo che si piega per baciarmi sulla guancia.

Immagino che sia uno dei fratelli di cui ci ha parlato l'assistente sociale.

Dopo molto tempo ne avrò la conferma.

Si chiama Andrea. Anche lui è vissuto in collegio fino a diciotto anni. Ha cercato e trovato sua madre, che alle preghiere del figlio di prenderlo con sé ha risposto con un prevedibile rifiuto. Andrea non desiste. Ha scoperto che si può entrare in casa da una finestra che dà sulla cucina. Così la signora, più di una volta, se lo trova lì. Lei si rivolge alla polizia e, dato che quello è un quartiere degradato, il comando invia una squadra speciale, "i falchi". Usano mezzi sbrigativi. Andrea più di una volta viene malmenato come un delinquente. È costretto ad andarsene, senza casa e senza mezzi. L'ultima volta che i falchi lo obbligano a uscire dalla casa, entra prima in una stanzetta e dà fuoco a qualcosa. Si sviluppa un incendio, che fortunatamente non ha gravi conseguenze.

Qualche tempo dopo, Andrea si trasferirà in Olanda, dove troverà la morte in circostanze che non mi sono mai state del tutto chiarite. Io non lo vedrò mai più dopo quella volta.

La sua immagine, la sua storia triste, rimarranno marchiate a fuoco dentro di me, insieme al desiderio impossibile e struggente di rivederlo. Penserò sempre alla sua vita breve e infelice, agli ostacoli che lo travolsero a vent'anni appena.

Poiché Clotilde ha completato il ciclo della scuola media, dovrà essere trasferita in un altro istituto. A quel punto le suore decidono di trasferire anche me, sebbene non abbia ancora terminato le medie. Temono i miei comportamenti irrazionali, e con la scusa di non separare le due sorelle si liberano di me scaricando il peso su altre spalle.

È il mese di luglio. Saliamo sul pulmino giallo per essere condotte in un altro collegio. Ho in mano il mio amato libro e il mosaico della Madonnina che ho fatto a scuola. Clotilde, invece, ha soltanto un grosso quaderno: ecco tutti gli effetti personali che ci portiamo dietro.

Il percorso questa volta è più lungo, ho più tempo per osservare le strade, le case, le persone che si muovono libere. Noto che le donne indossano abiti scollati, camicie e magliette con le maniche corte. Non sapevo nemmeno che esistessero vestiti del genere. Resto meravigliata di quella spudoratezza. Le suore mi hanno sempre predicato con insistenza che non si devono mai esporre parti del corpo, le calze vanno indossate anche d'estate, e i pantaloni non sono capi di vestiario per donne. Ma, dopo un po', l'indignazione si tramuta in curiosità: la magia di quei colori e di quelle fogge mi porta a immaginare come starebbero quei vestiti indosso a me.

Per tutto il tragitto Clotilde non mi rivolge la parola, ma io sono felice perché viaggio accanto a lei. Anche nella nuova destinazione saremo insieme, e così non m'importa nemmeno dove ci stiano portando.

4
IL MONDO DI FUORI

Incrocio lo sguardo di Clotilde e vedo nei suoi occhi la mia stessa angoscia. Abbiamo lasciato un mondo che certo non era bello ma che conoscevamo, per approdare a un altro con nuove regole, nuove difficoltà. Siamo piume al vento, la nostra vita è affidata al caso. Possiamo sperare di andare a star meglio, ma nessuna di noi due potrà porre condizioni.

Il pulmino si ferma davanti a un grande edificio che dà direttamente sulla pubblica via. Non riesco a leggere il nome sulla targa, è messa molto in alto e sono già troppo vicina all'ingresso. Noto però che, ai lati del vano d'ingresso, si trovano due file di panche e sulla sinistra si apre una porta, che dà sul parlatorio.

Entriamo nel cortile, grande e luminoso. Sulla sinistra ci sono la chiesa, gli alloggi delle suore e il reparto dei piccoli. Di fronte, il reparto delle "mezzane" al piano terra e quello delle "grandi" al primo piano. A destra si nota un giardino, non molto curato, solcato da un vialetto alberato. C'è una statua della Madonna col velo azzurro e il diadema dorato: proprio come mi ero figurata mia madre, prima che l'immagine infantile fosse distrutta dalla conoscenza della signora.

In questo momento il cortile è molto animato. Ci sono ragazze e bambine di tutte le età che piangono, discutono, litigano, si rincorrono (l'istituto ne ospita circa seicento, dai cinque ai diciotto anni). Ancora una volta, la prima cosa che mi colpisce sono i colori degli abiti. Non più il bianco o il blu come negli altri istituti: qui i vestiti non sono tutti uguali. Anche se siamo in estate, le maniche delle camice e delle magliette sono lunghe. Però noto un nuovo capo d'abbigliamento: pantaloni. E i capelli, specie quelli delle ragazze più grandi, non hanno tutti la stessa lunghezza. Mi meraviglia molto, negli altri istituti portavamo tutte i capelli corti. La tecnica era semplice: la suora ci metteva una ciotola sulla testa e i capelli che uscivano fuori venivano tagliati. L'operazione durava appena qualche minuto.

Intanto le altre ci hanno viste. Clotilde e io sentiamo gli sguardi puntati su di noi, un misto di curiosità e diffidenza. Ci sediamo in disparte, ma mia sorella ci tiene a mettersi ben distante da me. Dopo un po' vengono a prenderci: veniamo affidate a due suore diverse, io a quella delle mezzane e Clotilde a quella delle grandi.

Il suono di una campanella ci avverte che è il momento della cena. Identico scenario di sempre: grande refettorio, tavoli a quattro posti, assegnati una volta per tutte. Le piccole mangiano prima, poi le mezzane e le grandi insieme. Anche i pasti sono della qualità di sempre, solo che qui si mangia anche la frutta. Le mele e le pere bollite, le arance in insalata. La quantità non è mai abbondante, la fame cronica sarà quella di sempre. Anche qui, fra compagne di tavolo, i soliti scambi di favori, sempre con molta attenzione, perché le suore vigilano con severità.

In fondo al refettorio si trova una stanzetta in cui c'è un tavolo dove si taglia il pane con un attrezzo a cesoia. È piuttosto pericoloso da maneggiare per ragazze della nostra età. A turno dobbiamo tagliare il pane per tutte e fare in fretta: nei primi tempi la mia goffaggine mi costerà un taglio profondo a un dito.

La stanzetta del pane è di passaggio: sulla destra si trova una porta da cui si accede al refettorio delle suore, sempre chiusa a chiave. Quando le suore vanno a mangiare si chiudono dentro. In fondo, un'altra porta dà sulla dispensa, e anche questa è chiusa a doppia mandata. Le suore mangiano subito dopo di noi, mentre siamo occupate nelle pulizie. Naturalmente, le ragazze che lavano i piatti spiano attraverso il buco della serratura: si scorge ben poco, ma più di una volta le intravediamo alle prese con gelati e leccornie a noi completamente sconosciute.

Più tardi, quando mi assegnano un letto, nascondo sotto il cuscino i miei tesori: il mosaico con la Madonna e il mio nuovo diario, che durante il giorno porterò sempre con me per paura che qualcuno possa leggerlo.

Non mi danno nulla di nuovo per cambiarmi. Gli unici capi di vestiario che ho sono quelli che indosso, così quella prima notte dormo vestita. Il giorno dopo, in bagno trovo una camicia da notte dimenticata da qualcuna, la prendo e la nascondo sotto il materasso. Poiché nessuna la reclama, la lavo e poi la metto io. Il problema del vestiario resterà sempre drammatico, specialmente per la biancheria intima. L'unico modo per rifornirsi è rubare qualcosa a una delle compagne che lasciano definitivamente l'istituto. Ovviamente facendo ben attenzione a non essere scoperta, perché in casi come questo le botte sono abbondanti e garantite.

La suora che mi ha in giurisdizione è alta, imponente, severissima. Per un nonnulla picchia con un bastone bagnato. Il suo sguardo gelido ci domina, il suo passo ci perseguita in ogni angolo del collegio, annunciato dal tintinnio di un pesante mazzo di chiavi che porta appeso alla cintola. Quel tintinnio ce l'ho sempre in testa, come un incubo. Non ha preferenze per l'una o l'altra ragazza, nessuna debolezza pare albergare nel suo cuore. In tutto il tempo che trascorrerò qui (sei lunghi anni!), non percepirò mai in lei un affetto, una minima simpatia per una di noi. Ha pure il sonno leggero, al minimo bisbiglio notturno si alza di scatto. Dopo aver chiesto ad alta voce chi è la colpevole, non ottenendo risposta picchia la prima che le capita sotto.

Adesso però in camerata molti letti sono vuoti. Nel periodo estivo, le ragazze senza famiglia che hanno compiuto tredici anni vengono mandate a lavorare come cameriere nelle ville di persone facoltose e alloggiano lì per tutto il tempo. Per quest'anno io l'ho scampata: ho ancora dodici anni.

Crescendo ho più esigenze di prima e devo in qualche modo soddisfarle, anche se per farlo mi rivalgo su altre disgraziate. È una lotta per la sopravvivenza che comprende metodi violenti, ma tutto deve rimanere nascosto. In questo collegio, per sopravvivere, bisogna imparare delle regole non scritte, Innanzitutto l'omertà. Se una commette un furto, qualcosa di non consentito, se picchia qualche compagna, è regola ferrea il silenzio.

I messaggi si trasmettono a sguardi. Basta un'occhiata per capire cosa si deve o non si deve fare. Anche se la suora ci picchia per farci confessare, nessuna si azzarda a denunciare la colpevole. In caso contrario la delatrice, prima o dopo, sarà punita selvaggiamente dalle compagne. L'omertà ci fa tutte complici, ma nemmeno la simpatia per una compagna ne fa un'alleata: ognuna considera solo il proprio tornaconto. La stessa cosa rispetto alle più sfortunate: davanti a certi casi non si può non provare compassione, ma poi queste compagne sono le prime a subire furti e intimidazioni.

Ci sono ragazze gravemente traumatizzate da esperienze precedenti. Alcune violentate dagli stessi genitori o da parenti prossimi. Altre mentalmente disturbate. Altre ammalate di epilessia. È facile prevaricare le più deboli, ma quando il bisogno mi spinge a commettere azioni che io stessa condanno intimamente, le sconto con la paura dell'inferno. In questo collegio le suore non predicano la religione del demonio, ma ormai è la mia coscienza che è pervasa dal suo timore.

Intanto assorbo come una spugna le novità. Mi accorgo che qualche compagna ha uno spazzolino su cui, spremendo da un tubetto, deposita una pasta morbida che poi strofina sui denti lasciando un buon odore in bocca: ho scoperto lo spazzolino e il dentifricio. Per la pulizia personale, fino a questo momento ho sempre usato solo acqua. Scopro che alcune ragazze hanno un pezzo di sapone azzurro con su scritto Aiax, che utilizzano per la pulizia personale e per lavare i propri indumenti. È una bella novità potersi lavare con il sapone, anche se è quello per la biancheria. Poiché sono costrette a lasciarlo in bagno, io di nascosto lo uso. Infilo in bocca il dito indice della mano destra per inumidirlo, lo passo ripetutamente sul sapone e poi sui denti. Così mi sento più pulita. Poi prendo la biancheria sporca, che consiste solo in un paio di mutandine di ricambio, non possiedo altro, la passo e ripasso sullo stesso pezzo di sapone e la risciacquo.

Non ho una seconda camicia da notte né un altro vestito a parte quello che indosso, perché è praticamente impossibile rubarli. Nessuna di noi è così ricca da lasciare gli indumenti incustoditi, e poi ognuna mette sulla propria roba un segno segreto. Per la pulizia della camicia da notte non ci sono problemi, per un paio di notti dormo vestita. Il bucato dell'abito è un affare più serio, lo lavo la sera e lo metto ad asciugare. Difficilmente, specie d'inverno, riesce a essere asciutto la mattina e così lo indosso bagnato. L'abitudine, dettata da necessità, mi provocherà frequenti malanni: stati febbrili, mal di gola, dolori alle ossa, che non verrano mai curati. Ne porto ancora i segni.

Nel nuovo istituto istituto c'è più tempo per socializzare. Una volta sbrigati i lavori di pulizia possiamo andarcene in cortile a giocare e chiacchierare. I giochi sono quelli che fanno i bambini all'aperto, spesso inventati lì per lì, lanci di pietruzze e saltelli, oppure quelli classici come nascondino e acchiappa acchiappa.

Clotilde si ambienta rapidamente e si fa molte amiche fra le grandi. Io, ben più introversa, fatico moltissimo a inserirmi. Anche perché sono entrata in un tunnel da cui uscirò soltanto dopo molti anni: non riesco a essere me stessa, ad assecondare la mia vera natura, perché sono ossessionata dal desiderio di imitare la mia ammirata sorella e di farmi accettare da lei. M'interrogo continuamente su ciò che dovrei fare o dire per conquistarla o per essere alla sua altezza, e questo non fa che aumentare le mie difficoltà di rapporto con le altre.

Alla fine dell'estate vengo a sapere che Clotilde e io dovremo frequentare una scuola pubblica esterna, perché qui in collegio c'è solo la scuola elementare. Anziché essere felice per la maggiore libertà e le nuove conoscenze che mi attendono, sono molto preoccupata. So già che soffrirò crudelmente i confronti con le esterne; e poi questo è l'ultimo anno delle medie, il più impegnativo.

La prima fatidica mattina, una suora ci raduna e ci accompagna a scuola. Alla fine delle lezioni, ci aspetterà fuori per riportarci in collegio. Scopro subito che anche quest'anno nella mia classe sono la sola ragazza dell'istituto: il pulcino nero.

I libri li fornisce il Comune, mentre per il resto dovrebbero provvedere le famiglie. Io mi dovrò arrangiare, ma ci sono abituata. I miei sistemi di autodifesa sono collaudati: chiudermi in bagno all'intervallo per sfuggire la tortura delle merendine altrui, e destrezza nel procurarmi penne e fogli per scrivere. Nelle materie orali vado benino, perché all'istituto ci lasciano il tempo per studiare. È più difficile esercitarmi negli scritti e nel disegno vista la cronica mancanza di materiali.

L'opportunità di socializzare ci sarebbe, qui le classi sono addirittura miste, ma per me una possibilità in più diventa quasi sempre una nuova umiliazione. Finisco isolata, come sempre. La differenza tra me e gli altri si nota già in classe. C'è un lungo attaccapanni, su cui i miei compagni sistemano alla rinfusa giubbini e soprabiti. Io, invece, non ho nulla da togliermi. Appena entrata, comincio a levarmi di dosso il freddo preso in strada. I giorni più difficili sono quelli in cui devo lavare il mio unico vestito, perché la mattina dopo mi tocca indossarlo bagnato. Seduta al mio posto, lascio una chiazza d'umido sulla sedia, col risultato che le compagne mi deridonono, credendo che me la sia fatta addosso. Per questo cerco di alzarmi il meno possibile, resistendo anche alle necessità fisiologiche.

Gli insegnanti pretendono da tutti i quaderni ordinati, con le foderine di diverso colore a seconda della materia, e gli album da disegno con le cornicette colorate a fiorellini. Da me non pretendono nulla. Questo, anziché essermi d'aiuto, mi umilia profondamente. Mi fa sentire inferiore, certe volte quasi trasparente, come se al mio posto non ci fosse nessuno. Le compagne fanno a gara a chi ha il quaderno più bello, il diario più alla moda o lo zaino più colorato. Fingo che tutto questo non m'importi. In realtà ascolto avidamente le loro chiacchiere, guardo di sottecchi, mi rodo d'invidia.

Mi sorprende che mai nessuno degli insegnanti si accorga di nulla, venga con discrezione in mio aiuto. A pensarci ora, il professore di lettere di seconda media è stata l'unica persona sensibile che ho incontrato nella mia vita scolastica. Neppure i miei compagni di classe mi vengono in soccorso, ma questo mi stupisce meno. Al di là del mito che ce ne facciamo a posteriori, l'infanzia è un'età piuttosto crudele, in cui gli esseri umani mostrano più che altro aggressività e indifferenza verso il prossimo. Il diverso viene sistematicamente emarginato. Quando mi avvicino, i miei compagni smettono persino di parlare.

Un giorno, poiché risultano assenti alcuni insegnanti, la mia classe viene dimessa prima dell'ora stabilita. Un bidello mi avverte che la suora non può venire a prendermi, e visto che la scuola non è molto distante dal collegio, dovrò tornare da sola.

Mi faccio coraggio, in fondo ho dodici anni, e la strada è poca. Ma non tutto va sempre liscio come dovrebbe. A un certo punto, in strada, due cani mi sbarrano il passo. Le punizioni della "stanza del cane" hanno lasciato il segno: ne ho, ne avrò sempre, un gran terrore. Così comincio a correre, senza sapere che in questo modo è come se li istigassi. Con quei cagnacci sempre dietro cerco un posto dove nascondermi, vedo una porta socchiusa, mi precipito dentro, la richiudo dietro di me.

Il locale probabilmente è un vecchio magazzino o una stalla abbandonata. Non so nemmeno cosa ci sia all'interno perché rimango al buio, tenendo la porta sbarrata, terrorizzata dall'abbaiare dei cani di fuori. Mi siedo con le spalle appoggiate alla porta e aspetto. Dopo un po' comincio a chiamare aiuto. Grido fino a perdere la voce, tremo, piango disperatamente, nessuno accorre.

Non mi accorgo del tempo che passa, non ho nemmeno il coraggio di controllare se i cani se ne siano andati. Forse mi addormento per qualche tempo, poi mi risveglia il latrato delle bestie. Insieme a quello, però, odo anche altri rumori.

Improvvisamente qualcuno spinge la porta. Le mie forze sono del tutto esaurite, ma cerco lo stesso di opporre resistenza, finché la voce di un uomo mi ordina di aprire. È un poliziotto. Mi rendo conto che sono rimasta barricata in quel locale tutto il pomeriggio e la notte seguente. Avvertita dalle suore della mia scomparsa, la polizia mi ha trovato grazie all'abbaiare dei cani.

Sono in condizioni pietose: infreddolita, bagnata, affamata. Per fortuna in collegio non mi picchiano. Si limitano a prendermi per stupida e a rimproverarmi aspramente. La suora dice che non mi sarei dovuta fermare durante il tragitto, per nessuna ragione al mondo e, senza curarsi del mio stato, mi congeda. Vorrei che qualcuno mi confortasse. Che dicesse qualche parola gentile. Che almeno mi desse qualcosa di caldo, mi mettesse a letto e mi cambiasse quell'unico vestito lacero che porto da sempre. Ma non succede. Non sono niente per nessuno, solo un numero in un registro.

Man mano che passano i giorni, mi adatto sempre più all'ambiente. La conoscenza delle persone e delle abitudini mi dà coraggio, fino a farmi ribellare almeno alla fame. È tanta, bisogna far qualcosa. Le compagne addette alla cucina, che hanno il compito di trasportare le vivande alla dispensa, raccontano cose meravigliose. Quanto a me, l'odore che giunge dal refettorio delle suore sembra che mi chiami: «Vieni, qui ci sono tante cose buone per te». Nella mia mente un piano prende forma: un furto in grande stile.

Prima di tutto bisognerebbe procurarsi le chiavi del refettorio e della dispensa, cioè impossessarsi del gran mazzo che tintinna al fianco della mia temibile suora.

La notte comincio a studiare l'avversaria. Striscio silenziosa tra i letti nel dormitorio, fino ad arrivare alla sua stanza. Non c'è porta, solo una tenda a dividere i due ambienti. Ne sollevo un lembo e osservo nella penombra la suora che dorme tranquilla, senza russare: ha il sonno leggero, difficile accorgersi quando sta per svegliarsi. I suoi vestiti sono piegati su una sedia, lei indossa una lunga camicia bianca e una cuffietta sulla testa. Un ciuffetto di capelli si affaccia sulla fronte. Chissà come li tiene tagliati? Le suore dell'istituto precedente li avevano rapati a zero. Una volta il vento aveva fatto volar via il copricapo a una, mostrando il cranio rasato. Poverina, era corsa via per la vergogna!

Il letto della suora è messo trasversalmente alla camerata. Davanti c'è il comodino e, sopra quello, un centrino di pizzo con una grossa sveglia che ticchetta rumorosamente e una Madonnina fosforescente che, con la sua luminosità, potrebbe essere una preziosa alleata per raggiungere il mio obiettivo: il mazzo di chiavi. Anche quello è posato sul centrino.

Per arrivare al refettorio e alla dispensa bisogna uscire fuori e percorrere il vialetto alberato. Sarà necessario dislocare delle sentinelle nei punti nevralgici, in modo da dare l'allarme se qualcosa va storto. Ho bisogno di complici, ma a chi chiederlo? Dovranno essere ragazze coraggiose, con buona conoscenza dei luoghi.

Il tipo giusto sarebbe Giusy, una piccola selvaggia che sa farsi rispettare da tutte, una che non si fa mettere i piedi in testa. Il suo portamento ha qualcosa di maschile: uno schiaffo dato da lei lascia il segno, e se le sei nemica ti rende la vita impossibile. In più Giusy aiuta la suora a trasportare le cibarie, per cui dice sempre di sapere quali tra le tante chiavi del mazzo aprono "le porte del paradiso".

Dopo molte esitazioni, prendo il coraggio a due mani e l'avvicino, manifestandole le mie intenzioni. Lei mi guarda stupita. Poi si lascia andare a un fischio d'ammirazione.

«Certo che ci sto» dice.

Avvezza a comandare le compagne, immediatamente fa i nomi di altre quattro possibili alleate. Tutte ragazze toste, di quelle che le suore considerano piccole delinquenti. Accettano subito con entusiasmo.

Dopo un paio di giorni in cui cerchiamo di prevedere anche i minimi dettagli, a notte inoltrata scatta il piano. Tutte le altre vengono dislocate nei punti loro assegnati, io sola rimango in dormitorio. Al momento giusto, striscio sul ventre fino al letto della suora. Arrivata a poca distanza da lei, il silenzio circostante penetra improvvisamente in me, l'oscurità della notte sembra inghiottirmi. Mi fermo, impaurita. Il cuore batte all'impazzata, ma m'impongo di stare calma. Devo raggiungere il mio scopo a tutti i costi.

Alla luce della Madonnina fosforescente tolgo delicatamente dal centrino la sveglia. Il problema è prendere le chiavi senza farle tintinnare, visto che la suora ha il sonno leggero. Ma tutto è stato previsto e so cosa fare. Sollevo i quattro angoli del centrino e con esso le chiavi. Afferro la Madonnina, che mi farà da lampada tascabile. Pian piano raggiungo l'uscio che dà sul vialetto.

Non ho udito colpi di tosse (i segnali d'allarme stabiliti), segno che tutto è tranquillo. E allora via, al refettorio. Consegno le chiavi a Giusy, ma aprire non risulta facile come credevamo. Nella penombra, la ragazza armeggia per lunghi minuti prima di trovare la chiave giusta. Infine entriamo, chiudiamo la porta a chiave dietro di noi e accendiamo le luci. Le finestre non danno sul giardinetto, per cui siamo invisibili dal dormitorio.

Due porte misteriose ci attendono: il refettorio delle suore e la dispensa. Entriamo prima in refettorio. E lì troviamo il ben di Dio. Subito di fronte c'è un misterioso armadio bianco, che ronza sommessamente. L'apriamo e una folata fredda c'investe: per la prima volta nella vita, abbiamo scoperto un frigorifero. Rimaniamo sbalordite, senza parole, come chi trova il tesoro dei pirati. Poi comincia una vera e propria orgia, tutte spingono, io cerco d'imporre la calma: «Piano ragazze, ce n'è per tutte».

Ed è vero. Forme strane, mai viste, ma che se si trovano lì sono certamente commestibili. Ad esempio degli oggettini morbidi al tatto ma luccicanti. Ne addento uno: l'interno è bianco, com'è buono! La parte esterna è carta stagnola e non si mangia, ma noi non lo sappiamo e facciamo una scorpacciata di formaggini e stagnola. Poi altri formaggi, prosciutti, salumi, yogurt. Ci buttiamo a divorare ogni cosa, peggio di un'invasione di cavallette. Una crema marrone dentro barattoli di vetro, l'assaggiamo col dito. Buona, sul barattolo c'è scritto Nutella. Sul tavolo stanno in bella mostra vassoi di frutti, anche sconosciuti. Ne afferro uno giallo, lungo, ricurvo e provo a morderlo: è duro, sembra immangiabile, ma che cos'è? Giusy me lo toglie dalle mani: «Questo si deve sbucciare» dice: «Ho visto le bucce nella spazzatura». Scopriamo le banane: morbide, dolci, saporite, e le facciamo fuori tutte.

Un altro armadietto bianco aspetta di essere violato, apriamo anche quello: un freddo terribile e tanti, tanti gelati. Cornetti, coppette, di tutti i gusti. Ne consumiamo moltissimi, non siamo mai sazie.

Passiamo alla dispensa: altre meraviglie! Tralasciamo i barattoli di pomodori pelati, impossibili da aprire. Ci sono altri frutti misteriosi, di forma quasi cilindrica, gialli o rossi con tanti puntini. Ne afferro uno e cerco di mangiarlo, ma il frutto si difende: è pieno di spine che mi pungono le mani e la bocca. Che bruciore! Imparerò così che i fichi d'India si sbucciano prima di mangiarli. Continuando a rovistare troviamo scatole di biscotti, brioches, altre leccornie mai viste. Si trattano bene, le suore.

Siamo piene da scoppiare. Alla fine ognuna di noi, prendendo per i lembi inferiori la camicia da notte, la riempie di tutto quello che riesce ad arraffare, gelati compresi. Quindi usciamo fuori nel vialetto.

Dove nascondere la refurtiva? Il piano non aveva previsto tanta abbondanza, per cui è giocoforza trovare subito un nascondiglio. Mi guardo intorno: dove mettiamo tutta questa roba? Sugli alberi! Ad arrampicarmi sono la più brava di tutte, meglio di una gatta selvatica: salgo e mi faccio passare le provviste. Ho le mani doloranti per la brutta esperienza dei fichi d'India ma le compagne mi fanno fretta, anche perché lì nel vialetto siamo visibili dall'istituto. Sistemo tutto alla meglio sui rami e scendo. Ma mi tocca ripetere l'operazione altre due volte, perché sul primo albero non c'era posto sufficiente. Nessuna di noi immagina che quel ben di

Dio farà una brutta fine: mai visti gelati e formaggini stare sui rami, come uccellini!

Adesso tocca ancora a me il compito più difficile. Devo rimettere le chiavi al loro posto. Con le mani piene di spine, striscio questa volta sui gomiti, come fanno i marines. Mentre sistemo al loro posto le chiavi, la sveglia e la provvidenziale Madonnina, le lacrime mi scorrono silenziose sul volto, per la tensione e il dolore, ma alla fine va tutto bene e posso sgattaiolare al mio posto, a coricarmi.

La mattina dopo, tutto appare tranquillo fino al momento di rifare i letti. A quel punto la superiora in persona appare inaspettatamente alla porta, si avvicina alla suora e parlottano brevemente. Noi complici ci guardiamo in faccia e capiamo che il momento fatidico è arrivato, dato che normalmente la madre superiora non ci fa mai visita.

La suora del reparto è furente, il suo sguardo solitamente gelido adesso lampeggia di collera. Ci raduna e dice: «È stato commesso un reato gravissimo. Questa notte, qualcuna di voi ha rapinato la dispensa. Sarà meglio che le colpevoli si facciano avanti perché, in caso contrario, ci saranno punizioni durissime per tutte».

Naturalmente l'istinto di sopravvivenza è più forte delle minacce e nessuna di noi apre bocca. Ci perquisiscono scrupolosamente, i materassi vengono sollevati e controllati uno per uno. Non avendo trovato nulla, scatta la punizione di prammatica.

Ordinano a tutte noi (circa cinquanta ragazze) di metterci in fila in ginocchio. Poi la suora, con la sua lunga bacchetta bagnata, viene a picchiarci una per una. Ogni volta domanda: «Sei stata tu? Confessa». Le più paurose piangono e gridano che non c'entrano per nulla. Io sopporto le bastonate, facendomi forza con il pensiero delle cibarie sugli alberi.

Mentre incasso la mia parte, ricostruisco mentalmente gli avvenimenti del mattino. Le chiavi, oltre alla nostra suora, le ha anche la responsabile della cucina. È lei ad aprire per prima i refettori e la dispensa, quindi si sarà immediatamente accorta dell'accaduto. Visto che non c'erano segni di effrazione, le suore saranno arrivate subito alla conclusione che erano state rubate le chiavi. E a chi, se non alla suora delle mezzane? Facile dedurre che proprio qualcuna di noi avesse commesso il fattaccio.

I giorni successivi trascorrono in un clima di grande sospetto. Le compagne punite ingiustamente cercano di capire chi abbia commesso il furto, non tanto per vendicarsi della punizione, ma per approfittare a loro volta del tesoro rubato. Si scatena una vera e propria caccia, ma nessuna immagina che la refurtiva si trovi sugli alberi. Noi che sappiamo, da lontano gettiamo al nascondiglio occhiate che puntualmente ci rassicurano: non si vede proprio nulla attraverso il fitto fogliame delle piante.

Pensiamo che prima o poi godremo i frutti della nostra fatica, ma non abbiamo messo in conto che si tratta di materiale deperibile, e non parliamo dei gelati! A un certo punto si sparge la voce: «Il giardiniere ha trovato in giardino della roba da mangiare, forse nella fretta i ladri l'hanno lasciata cadere!». Poi comincia la pioggia: gli alberi della cuccagna buttano giù cibo avariato. Così perfino il giardiniere, un semplicione che non brilla per acume, capisce dove si trova la refurtiva. Fine delle nostre speranze.

Il tragitto dal collegio alla scuola è una bella parentesi nelle mie giornate. Dietro la suora, che cammina troppo veloce per i miei gusti, io mi guardo intorno, curiosa di tutto. Passando vicino ai negozi, sento odori stupefacenti che giungono dal fornaio, dal bar. Profumi buoni, profumi nuovi.

Un giorno si ripresenta l'occasione di tornare in collegio da sola. La brutta avventura dei cani è ormai lontana, e l'opportunità mi rende felice. In esplorazione, mi fermo davanti a tutti i negozi, ma soprattutto attira la mia curiosità il salone della parrucchiera. Dalla vetrina vedo le signore sedute in poltrona con il casco in testa, gli specchi, i cosmetici, le luci, è tutto fantastico. Sgrano gli occhi, probabilmente mi pianto con il naso contro il vetro. La parrucchiera mi vede e con un gesto m'invita a entrare. Io non me lo faccio ripetere due volte.

«Accomodati» dice. «Come vuoi che ti faccia i capelli? Corti, lisci o te li lascio ricci?»

«Non lo so, faccia come vuole» rispondo io, praticamente in estasi.

Mi invita a sedermi sulla sedia professionale. Nell'attesa che lei finisca con un'altra cliente, mi guardo intorno, e vado avanti e indietro con la sedia, che ha le rotelle. Fisso me stessa nella parete di specchi che ho davanti. Mi convinco che tutto questo faccia parte della vita normale che si conduce fuori dall'istituto, e che anche a me sia dovuto. Così, quando la signora mi copre il vestito con un grembiule e inizia il suo lavoro, non mi faccio problemi. Sono solo elettrizzata, felice, perché qualcuno si prende cura di me.

Mi lava i capelli. Il tocco delle sue mani è gentile e vellutato, non sono certo abituata a un trattamento simile. Per asciugarli usa un apparecchio che soffia aria calda e una grossa spazzola. Un incanto, io non possiedo nemmeno un pettine.

Finito il lavoro mi alzo, mi guardo allo specchio e vedo una persona tutta diversa. Ho i capelli lisci, profumati, laccati. Sono felice, allegra, ringrazio la signora, saluto tutti e mi avvio all'uscita.

La parrucchiera mi blocca subito: «Stai andando via? Ma mi devi pagare».

«In che senso devo pagare?»

«Per il lavoro che ti ho fatto, ci ho messo più di due ore.»

«Mi ha invitata lei a entrare,» ribatto «io non ho soldi.»

Solo in quel momento mi rendo conto della situazione. Blocco il fiume di parole che esce dalla sua bocca e domando: «Che ore sono?».

«Ah, anche l'orario vuoi sapere! Non hai nemmeno l'orologio?»

Adesso non temo più la reazione della parrucchiera. Ho paura del rientro. Ho paura del mio nuovo aspetto. Esco di corsa dal negozio, senza curarmi di quello che lei mi urla dietro e corro al collegio.

Ai passanti domando l'ora e poi: «Si vede che sono stata dal parrucchiere?».

La gente, stupita, nemmeno mi risponde. Rovescio la testa in avanti e mi scompiglio i capelli, ma ormai sono diventati lisci e lisci rimangono.

Da lontano vedo la sagoma del collegio e due suore fuori in strada. Per fortuna non c'è la polizia. Appena le passo vicino, una suora mi afferra bruscamente per un braccio e mi porta dentro: «Se non conosci ancora le regole dell'istituto, te le insegno subito!». Riesco a divincolarmi e corro in cucina, dove comincia un carosello intorno al grande tavolo centrale, fino a che il primo ceffone non mi coglie.

A scuola osservo la vita dei compagni esterni come si guarda un film. Di solito ridono spensierati, ma se prendono un brutto voto diventano tristi perché a casa saranno rimproverati. Normale. Ma non per me. Io non sono come loro. Mi piacerebbe, ma mi manca qualcosa di fondamentale. Non ho una mia identità, qualcosa che sia da custodire e da difendere. Nessuno si aspetta niente da me e io non so chi sono. Ciò che potrebbe colmare il vuoto è un affetto, un affetto tutto mio, qualcuno che s'interessi proprio a me, qualcuno su cui riversare il mio bisogno di amare. Forse, se avessi almeno un animaletto, un cane o un gatto, troverei un mio equilibrio affettivo. Ma intorno a me c'è un deserto. Mi hanno rubato anche il sogno, da quando la signora ha fatto svaporare la mia immagine di mamma. La cosa peggiore non sono le privazioni materiali. Niente giocattoli, d'accordo, ma quel che mi appare più crudele è che non posso nemmeno desiderarli, perché non li conosco. Ho solo un vuoto e non so come colmarlo. «Non puoi immaginare ciò che non esiste» ha detto un filosofo. «Se immagini un quadrupede volante, immagini un cavallo con le ali d'aquila.» Io non posso immaginare ciò che non conosco, ma ne soffro l'assenza.

D'altro canto sono ancora troppo piccola per votarmi alla spiritualità: Dio, gli angeli, i demoni, per come me li hanno presentati finora sono più che altro pericoli da cui difendermi. Un Dio severo vede e giudica le mie azioni. Le mie monellerie, considerate veri e propri reati, mi lasciano un pesante senso di colpa, che cerco invano di nascondere al suo sguardo implacabile. Non posso sfuggirgli, lui sa tutto. Esattamente come il diavolo, che mi perseguita sempre. Non so più dire chi dei due è il mio alleato.

Non posso serenamente accostarmi al sacramento della confessione, che pure mi viene imposto. Per sopravvivere lì dentro commetto continuamente peccati: il furto, l'invidia, la gelosia, la menzogna. Ma non li riferirei mai al nostro sacerdote. Mi pare di parlare a una macchina, si avverte chiaramente che per lui si tratta di un rituale da sbrigare nel più breve tempo possibile, una formalità compiuta come un noioso mestiere. E via di corsa.

Nemmeno mi pare possibile fantasticare sul domani. I giorni qui passano tutti uguali, si escogitano trucchi solo per continuare a campare. Il compito dell'istituto è di assicurare alle ragazze un vitto per non morire di fame. Un letto, comodo o scomodo non importa, per dormire. La scuola, ma senza alcun vero aiuto per migliorare la propria istruzione. Infatti, soltanto qualcuna di noi arriva alla fine del corso di studi e poche riescono ad apprendere davvero qualcosa. A nessuno importa della nostra crescita personale. Mi sembra di essere una marionetta, io e tutte le mie compagne. Rotelline di un ingranaggio fatto tutto di regole, in cui nessuna rotella è indispensabile.

Le ragazze che ricevono visite dai parenti esibiscono volentieri i loro regali, suscitando grande invidia nelle altre. Elena, per esempio, ha una gomma da masticare. Mastica sfacciatamente davanti a noi, fa pure i palloncini e noi a sbavare dalla rabbia. Come ci tiene a quella gomma! Durante i pasti, l'attacca sotto il tavolo in un punto segreto e poi la rimette in bocca. A tante di noi promette di cederla dopo, quando se ne stancherà, ma non se ne stanca mai. La notte la tiene nel pugno chiuso: sa per esperienza che, se l'attaccasse alla sbarra del letto, gliela ruberebbero. Finalmente, dopo aver ricevuto svariati favori e qualche settimana di masticazione, Elena decide di passarla a un'amica. Da quel momento le attenzioni sono tutte per quest'altra ragazza. Alla fine la gomma verrà buttata per terra nel cortile. Ma non sarà ancora il suo funerale. La gomma abbandonata subirà nuovi assalti e finirà in altre bocche.

Le ricche, cioè quelle che posseggono beni straordinari come una gomma da masticare, una caramella, un dentifricio, non vivono una vita serena. Devono guardarsi continuamente dai lupi che le braccano per rapinarle. In compenso si sentono superiori alle altre e questo aumenta la loro fiducia in se stesse: non sono certo le più infelici qui dentro. A dettar legge, però, non sono loro, ma le prepotenti. Bambine con problemi caratteriali gravissimi, molte provengono da ambienti in cui la violenza è pane quotidiano. Terrorizzano le compagne fra la completa indifferenza delle suore, che puniscono più frequentemente gli strepiti delle vittime che i soprusi delle colpevoli.

Cado tra le sgrinfie di una di queste.

In giardino ci sono degli alberi snelli con le foglie verde chiaro, lanceolate. Più strani ancora i frutti: palline marroni che tendono al nero quando maturano. Il nocciolo riempie quasi tutto, lasciando uno strato sottile di polpa. Scopriamo che sono commestibili: c'è ben poco da mangiare, ma per calmare i morsi della fame vanno bene. Poiché si trovano in alto, per raccoglierli bisogna arrampicarsi. E io sono l'arrampicatrice migliore del gruppo. Due mie compagne si appoggiano al tronco dell'albero, una si mette sulle spalle dell'altra e io mi arrampico su di loro. Mi isso sui rami, stacco i frutti, li lancio a terra e scendo.

Un giorno, mentre sto per scendere dall'albero con alcuni frutti in mano, Cettina spinge via la compagna più in basso e ci fa cadere tutte. Mentre mi ritrovo dolorante a terra, una banda di ragazze si precipita a rubare i frutti, così pericolosamente guadagnati. Ne nascondo alcuni nei pugni chiusi e, seppur indolenzita, fuggo. Cettina mi insegue e mi raggiunge in prossimità di una porta a vetri. Mi dà uno spintone e ci finisco dentro, sfondando il vetro. Mi ferisco. Ma lei non è contenta. Accecata dall'ira, raccoglie da terra un pezzo di vetro e comincia a colpirmi, provocandomi gravi e profondi tagli su un braccio, alla mano destra, su un polso, su un orecchio.

Sanguino tanto. Alle mie grida alcune compagne, spaventate, rintracciano la suora, che interviene e mi trascina all'ingresso. Cettina intanto si è eclissata.

Sento discorsi strani. Dicono che non è possibile portarmi con il pulmino in ospedale perché questa domenica le macchine non possono circolare. Avverto l'ostilità della suora, innervosita per quel deprecabile incidente. Finalmente finisco in ospedale, dove mi vengono applicati parecchi punti di sutura.

Grido e piango ma non c'è nessuna parola di conforto per me. La suora sta a guardare, contrariata. Al medico, che la osserva perplesso, dice che siamo ragazze impossibili da gestire. Mi chiedo cosa sia avvenuto nella coscienza di questa donna e di altre suore che ho conosciuto. È come se un incantesimo avesse mutato la natura sensibile dell'anima in un blocco rigido, impenetrabile alla sofferenza altrui.

La suora mi riporta in collegio fra i rimproveri. Non vuole neanche sapere come si sono svolti i fatti. Spero almeno che, visto il mio stato, mi vengano risparmiate le solite punizioni. Mi sbaglio.

È un episodio come tanti, ed è proprio questo il problema. Succede spesso. Ogni giorno. Il fatto che non vengano presi provvedimenti nei confronti delle più prepotenti consente che maturi un clima favorevole alla violenza, che si allevino persone che, una volta uscite dall'istituto, saranno pronte per essere ingaggiate dalla criminalità. Le bambine più fragili, quelle che sono più spesso vittima di angherie e non hanno la capacità di reagire, mi impietosiscono. Ma non ho la forza di difenderle. La verità è che la situazione di bisogno e l'ambiente ci rendono tutte più cattive. Me compresa.

Maria ha la mamma, ma vive in collegio perché la famiglia è molto disagiata. Un giorno torna dal parlatorio saltellando felice perché la mamma le ha regalato una moneta da cento lire. Cento lire equivalgono a due gettoni del telefono, ma per noi rappresentano una grossa somma. L'ingenua saltellando fa cadere la moneta. Non se ne accorge. Io la vedo e la tengo d'occhio, d'altra parte è un'abitudine controllare le compagne che tornano dal parlatorio, per tentare di ricavare qualche vantaggio. Aspetto che tutte vadano in refettorio e afferro la moneta. Corro in bagno con il mio tesoro in mano, cercando un posto dove nasconderlo. Vedo sulla parete una mattonella instabile, la stacco, ripongo la moneta, poi rimetto a posto la piastrella.

Maria si accorge di non avere più la moneta, la cerca dappertutto, piange. La sua disperazione è tale che mi muove a pietà, il cuore mi dice di restituirla. Ma ormai è impossibile. L'accaduto è di dominio pubblico, tutte la cercano, naturalmente non per restituirla alla legittima proprietaria, ma per impossessarsene. E poi sai le botte che mi toccherebbero se ammettessi di averla rubata io?

Lascio passare molto tempo. Ogni tanto faccio visita alla mia moneta e infine, quando le acque si calmano, decido di spendere la refurtiva, come fanno i ladri incalliti. Ogni giorno, andando a scuola, penso alle belle cose che mi comprerò. Faccio i miei programmi, senza conoscere il valore del denaro, cosa si compra con cento lire? Finalmente un giorno prendo la moneta dal nascondiglio. La nascondo in una scarpa. Va avanti e indietro con me fino a quando si ripresenta l'occasione di rientrare da scuola in collegio da sola. Mi fermo al bar e, davanti al banco dei dolci, chiedo uno per uno cosa sono, cosa contengono, facendo spazientire il barista. Finalmente, dopo lunga riflessione, scelgo un iris bianco, un dolce di pasta fritta ricoperta di pan grattato, ripieno di crema pasticciera. Ho vergogna a mangiarlo per strada ma non posso portarlo in collegio in balia delle orde fameliche, dove nemmeno potrei giustificarne l'acquisto. Così, appena vedo un portone aperto, entro, mi siedo su uno scalino e consumo il mio primo dolce.

Nel pomeriggio di un'ennesima domenica di noia, arriva all'improvviso un'altra rivelazione sulla mia famiglia. Mi trovo in cortile con le compagne, quando mi chiamano insieme a Clotilde per una visita. In parlatorio ci accoglie con un sorriso un giovane dagli occhi verdi e dai capelli chiari, di media statura: «Sono vostro fratello» ci dice.

Un altro?

«Mi chiamo Giancarlo. Ho fatto i salti mortali per sapere dove eravate e ho pure corso dei rischi per venirvi a trovare. Anzi, per questo gesto dovrò sicuramente subire delle conseguenze. Ma non importa, sono contento di potervi conoscere.»

Alla richiesta di chiarimenti, rimane piuttosto sul vago: «Vivo in un luogo da cui non posso uscire se non scappando. Ma verrò lo stesso a trovarvi di nuovo».

Prima di andarsene Giancarlo ci regala un pacchetto di gomme americane, che naturalmente accettiamo di buon grado.

Mi rimangono impresse le sue parole, il suo sorriso, sono felice che qualcuno abbia rischiato tanto per conoscermi. Mi metto a fantasticare sui pericoli che potrebbe avere corso, non ho idea del luogo dove si trovi: un luogo pericoloso, dice, ma quale? Un carcere, un ospedale, una nave pirata?

Non lo rivedrò più per parecchio tempo. Saprò in seguito che Giancarlo, così come aveva fatto Andrea, compiuti i diciotto anni e uscito dal collegio, aveva cercato sua madre. La signora, per non averlo intorno, si era rivolta alla polizia. Lo avevano internato in un collegio di correzione, in una città lontana dalla nostra.

Qualche tempo dopo la signora viene a farci visita. Ci dice di seguirla a casa sua, ma noi siamo restie, poiché il solo pensiero di un'intera giornata con lei ci angoscia. Madre Ranno, la suora addetta al reparto delle grandi che ha accompagnato Clotilde, insiste perché usciamo. Due ragazze in meno da controllare, perlomeno ci leviamo di torno per un po'.

La signora come al solito tace, con quel suo sguardo fisso, inquietante. Ci incamminiamo, lei davanti e noi dietro, fino a casa sua, dove sediamo in silenzio. Ci aspettiamo la presenza di Andrea, che invece non c'è. Io sono curiosa come al solito. Mentre la signora è in cucina, apro la porta di una stanza e mi accorgo con sorpresa che lì è tutto nero, bruciato (è il piccolo incendio provocato da Andrea).

A pranzo mangiamo il solito pollo e, come sempre, lei ci impone di bere la birra. Intanto, sbirciando qua e là, la mia attenzione viene attratta dalla stanza da letto che ha la porta aperta. Ci vedo tante cose nuove che m'incuriosiscono. Il letto grande, ben sistemato, con un bel copriletto rosa, la toeletta con uno sgabello e un grande specchio. Tante boccettine piccole e grandi sul ripiano, perette decorate con pendagli in stoffa dorata, piccole scatole, e infine… le bambole. Ce n'è in quantità, sul letto, sui comodini, sul canterano. Vestite in modo delizioso con abiti di tutti i colori, le gonne larghe a svolazzi, le faccine in porcellana, le labbra e le gote rosse. Non ho il coraggio di chiedere alla signora di mostrarmele e così, dopo pranzo, dico che ho sonno e chiedo il permesso di stendermi un po'. La signora libera dalle bambole una parte del letto, mi fa sdraiare, spegne la luce e dopo mille raccomandazioni – «Non toccare nulla, non sporcare...» – esce dalla stanza e chiude la porta dietro di sé.

Naturalmente accendo subito la lampada. Mi metto a sedere sul letto e afferro la prima bambola. Com'è fatta? I vestiti sono veri? La spoglio, accarezzo i lunghi capelli e sciolgo l'acconciatura. Poi, passo metodicamente alle altre: le svesto tutte quante.

Adesso è ora di analizzare la toeletta. Apro le boccette dei profumi, che buoni! Mi accorgo che quelle palline morbide attaccate alle bottigliette sono pompette: premendole, spruzzano il profumo. Così vado felice per tutta la stanza, spruzzando a destra e a manca. Una buona spruzzata anche a tutte le bambole, che poverine, ridotte in mutande, se la meritano.

E poi ci sono le creme colorate, i rossetti. La donna che è nascosta dentro di me capisce che quegli stick rossi servono per colorare le labbra. La signora ha le labbra di quel colore e voglio averle anch'io! Così mi impiastriccio tutta e coloro le labbra anche a tutte le bambole. Certo, non ho molta pratica, perciò il rossetto finisce dappertutto, sporcando ogni cosa: le mie dita impiastricciate dipingono a mia insaputa tutto ciò che tocco. Sono completamente immersa nel presente, non penso al futuro prossimo, che mi casca addosso appena la signora apre la porta.

Solo in quel momento mi rendo conto del disastro. Clotilde guarda attonita. La signora comincia a urlare, mi prende per i capelli e giù botte: «Cos'hai combinato? Mi hai rovinato le bambole! Tutti i profumi consumati, che disastro!». L'aria della stanza è greve di profumo volatilizzato.

«Non ti si può lasciare un momento da sola, non ti porterò più con me!»

L'ultima minaccia mi lascerebbe indifferente, ma la sua reazione furibonda mi spaventa parecchio. E così capita quello che non mi accadeva più da tempo: mi faccio la pipì addosso.

«Adesso lo dirò alla madre superiora, ci penserà lei a punirti per bene.»

Usciamo di casa e, tutta bagnata, dietro di lei che continua a urlare, raggiungo il collegio. Immediatamente la signora conferisce con la madre superiora, e la madre si mostra subito in sintonia con lei. Mentre negli altri istituti, dall'alto della loro carica, le superiore si limitano a ordinare punizioni, questa ha la passione del "fai da te". Mi appioppa un paio di ceffoni, in modo che la signora vada via soddisfatta. «Poi arriva il resto» dice. Su questo, la madre superiora non mente mai.

Il giorno dopo niente cibo, né a colazione né a pranzo né a cena. Niente cortile. Tripla dose di preghiere, in ginocchio sul pavimento. Però adesso sono veramente al centro dell'attenzione: descrivo alle ragazze quelle meravigliose bambole vestite come persone, con abiti stupendi. Racconto che ho usato il rossetto, i profumi, ma non parlo del disastro combinato in casa della signora. Quando mi chiedono il motivo delle punizioni, cambio discorso. Chissà quali pensieri distorti finisco col mettere in quelle povere testoline: forse che a vedere le cose belle si rischia di essere punite.

5
QUEI SIGNORI TANTO GENTILI

Ho tredici anni, appena terminata la terza media, e sono piuttosto inquieta. Ho saputo, ascoltando le chiacchiere delle più grandi, che le ragazze senza casa durante l'estate vengono mandate a lavorare presso famiglie facoltose. I lavori sono quelli più umili, troppo pesanti per la nostra età, e spesso si viene pure maltrattate. Nessuna garanzia, nessuna protezione. Infatti, a pochi giorni dalla fine dell'anno scolastico, ricevo la visita dell'assistente sociale. Senza mostrare interesse nei miei confronti, dice che poiché il collegio nel periodo estivo chiude e io non ho chi si prenda cura di me, verrò alloggiata presso una famiglia, dove dovrò svolgere i lavori di casa.

Tocca alle suore scegliere la famiglia: sono in molti a rivolgersi a loro per avere domestiche a tutto servizio e a buon prezzo. Ragazze avvezze alla disciplina, che non si lamentano per la fatica, non avanzano pretese e possiedono la grande qualità della discrezione.

Noi siamo praticamente bambine, ignare delle cose del mondo. Io non so nulla di quello che succede tra un uomo e una donna insieme. Nessuno me l'ha mai spiegato e non sono cose di cui si parla tra compagne. Tantomeno possiamo aspettarcelo dalle suore, o dalle assistenti sociali. Così, quell'estate e le successive saranno la mia "scuola di vita", anche se la mia inesperienza non mi permetterà subito di distinguere il bene dal male. Imparerò improvvisamente e in maniera traumatica ciò che si dovrebbe apprendere gradualmente e in ben altri modi.

La madre superiora mi convoca: «Domani verrà una famiglia a rilevarti».

La mattina dopo si presentano due giovani, marito e moglie, con un bambino di pochi mesi. Prendo tutte le mie cose, cioè praticamente solo il mio diario, e li seguo.

È una bella giornata di sole. La macchina va veloce verso una località a me sconosciuta, vedo alla mia destra il mare azzurro e a sinistra giardini di aranci, mentre la signora mi spiega che dovrò occuparmi, oltre che delle pulizie di casa, anche del bambino.

Arriviamo in una casa a due piani, in riva al mare: il cancello dà su un piccolo giardino e, attraversato quello, c'è l'ingresso dell'abitazione. Subito a destra si trova il loro appartamento, mentre una scala di fronte conduce all'appartamento di un'altra famiglia, proprietaria dell'intera costruzione. La signora mi fa visitare l'abitazione, di quattro locali: «Ti occuperai della pulizia di tutto l'appartamento e del giardino. Spazzare, stirare, lavare per terra, togliere le foglie morte e innaffiare le piante, insomma tutto quello che c'è da fare in casa e fuori. In più dovrai fare il bagnetto al bambino, cambiare i pannolini, preparare il biberon e le pappine».

Parla come se io avessi trent'anni e tre figli. La mia timidezza mi impedisce di dirle che, mentre nelle pulizie sono una vera esperta, non so ovviamente nulla di come si tratta un piccolo.

La mattina dopo i due coniugi, con i teli da bagno in

spalla, se ne vanno tranquillamente al mare. Lasciandomi sola col bambino e le mille faccende da sbrigare.

Il bambino piange, non so perché né come prenderlo. Così nel giro di qualche minuto a piangere siamo in due. Lo prendo in braccio, ma la testina gli ciondola da tutte le parti. Oddio, c'è un punto in cui è anche molle! Sono spaventata, temo di avergli fatto del male. Nonostante la confusione che ho in testa, mi faccio coraggio e gli cambio il pannolino. Ma glielo infilo al contrario, e senza aver prima ripulito il pargolo. Poi preparo il latte, ma il suo pianto è assordante. Ogni tanto lo riprendo in braccio, questo ritarda i miei movimenti e i lavori di casa procedono a rilento.

All'ora di pranzo i due fanno ritorno beati, ma io non so nemmeno che ora è, perché non ho mai posseduto un orologio. Non so se in casa ce ne sia uno, ma comunque sarebbe inutile, perché non so leggere le ore. «Non hai combinato niente, sei un disastro!» grida la signora. «E le suore mi avevano detto che sai fare tutto!»

Crescendo e ripensandoci, dubiterò della sanità mentale di quella coppia. Come si fa ad affidare un bambino a una ragazzina senza esperienza e che arriva da un orfanotrofio?

Comunque, grazie alla buona volontà e alla mia iniziativa, nei giorni successivi riesco pian piano e con molta fatica a destreggiarmi. Solo la stiratura mi crea problemi: non ho mai visto un ferro da stiro. Mi danno da stirare anche delle camicie: le prime, ovviamente, fanno una brutta fine. La casa è a due passi dal mare, ma del mare non sento neanche l'odore. Lavoro dalla mattina alla sera.

Ogni tanto esco in giardino, con il bambino nel passeggino, per pulire e innaffiare. Un uomo sulla trentina, bruno e tarchiato, osserva dalla finestra del primo piano tutti i miei movimenti. È il figlio dei proprietari dell'immobile. Quando me ne accorgo provo soggezione e rientro precipitosamente, ma se esco più tardi per finire il lavoro, quello è ancora lì a guardarmi fisso.

La signora si occupa solo di cucinare, io servo a tavola. Sto in piedi per tutto il tempo, a loro disposizione, mangio in cucina dopo di loro, infine rigoverno. La sera i due incoscienti escono. Il povero bambino ricava qualche sofferenza dalle mie cure, ma niente di grave: un labbro scottato per il latte troppo caldo, il sederino arrossato, niente colpetti sulla schiena per il ruttino, quindi rigurgito e mal di pancia.

Una sera che i signori sono usciti, dopo che finalmente il bambino si è addormentato, vado in giardino per finire il mio lavoro. L'uomo è là seduto, e mi guarda come al solito. Sbrigo quel che c'è da fare col cuore in gola, e rientro in cucina perché ci sono ancora le stoviglie da lavare. Lui, silenziosamente, mi segue in casa – qui tutti lasciano la porta d'ingresso sempre aperta. Turbata, mi addosso alla parete.

«Hai paura? Mica ti mangio,» dice «voglio solo stare un po' con te» e si avvicina.

Sgattaiolo di lato e cerco di scappare, ma lui mi rincorre intorno al tavolo. Alla fine riesce a bloccarmi contro il muro. Grido per la paura, tremo tutta. Lui cerca di spogliarmi, mi toglie la camicetta e la maglietta. Mi divincolo, mi difendo con tutte le mie forze, ma lui è troppo grosso e forte per me. Mi schiaccia contro il muro e prova a baciarmi. Muovo la testa a destra e a sinistra, non so nemmeno che cerca la mia bocca, ma i miei movimenti convulsi non gli permettono di trovarla. Non guardo, perché ho paura e vergogna, tengo gli occhi chiusi e continuo a dibattermi. Anche se non ho idea di quello che potrebbe farmi, la cosa è sicuramente orrenda. Non si cura delle mie urla, ma grazie alla mia strenua resistenza, non riesce a violentarmi. Sento che armeggia in basso, comincia a muovere ritmicamente il bacino strofinandosi a me. Ha un alito pesante e ansima, emette dei suoni strani, come gemiti animaleschi. Finalmente smette di grugnire, si sistema, va via. «Sei solo una bambina stupida» mi grida dietro.

In lacrime, corro nella mia camera e mi chiudo dentro. Appena la signora rientra, si accorge che la cucina è ancora in disordine, viene nella mia stanza e vede che è chiusa a chiave. Bussa e mi chiama, ma io anziché rispondere continuo a piangere disperatamente.

«Ti senti male? Ti è successo qualcosa?»

«Sì» dico soltanto.

«Qualcuno ti ha fatto del male?»

Non rispondo, provo troppo schifo e vergogna per raccontarle tutto.

La signora continua: «La padrona di casa? Suo marito? Suo figlio?».

«Suo figlio» dico finalmente.

Mi rivolge tante altre domande, a cui non rispondo. Fino a quando chiede: «Le mutandine sono macchiate di sangue?».

Rispondo di sì. La mia ignoranza mi porta a fraintendere il senso della domanda. Rispondo di sì perché lo shock ha anticipato l'inizio del ciclo, non per ciò che loro finiscono col credere.

Il marito della signora m'impone di aprire la porta. Ubbidisco. La signora si precipita dalla famiglia che abita al piano di sopra. L'uomo che mi ha usato violenza nega. Dice che è rimasto per tutto il tempo in casa.

La mia ospite, alla ricerca di una soluzione, telefona a un amico, raccontando l'accaduto ed esprimendo la sua preoccupazione, dato che sono minorenne. Le consigliano di riaccompagnarmi subito in collegio e di sporgere denuncia.

Così, la mattina dopo, finisce la mia prima avventura lavorativa. Inutile dire che non mi danno un centesimo e che ne ricavo solo guai.

La madre superiora mi accoglie a suon di schiaffi e rimproveri. Mi fa sentire una delinquente, come se avessi commesso un reato gravissimo. Il giorno dopo due suore mi accompagnano dal medico per la visita ginecologica. Non sono mai stata dal ginecologo. Il medico mi chiede di sollevare e aprire le gambe. La vergogna mi blocca e guardo le suore, sperando in un aiuto.

«Fai la ritrosa, dopo quello che hai combinato!» mi apostrofa una.

Il medico, spazientito, si lamenta: i miei capricci gli fanno perdere tempo. Così le due suore, una alla mia destra e l'altra a sinistra, con la forza mi tolgono le mutandine e mi spalancano le gambe.

Il medico mi visita e sentenzia: «La ragazza non è stata toccata».

Una delle suore, adirata: «Allora ti sei inventata tutto? Sei proprio una disonesta, hai imbastito questa bella commedia per non lavorare».

Mi riportano immediatamente in collegio per i provvedimenti del caso. Mentre mi picchia, la superiora dice che pagherò cara questa sceneggiata, che l'estate per me sarà un inferno: «Intanto subito in camerata da sola, senza mangiare, al buio, a meditare sulle tue colpe».

Al buio, più che meditare, risento i gemiti ripugnanti di quell'uomo che mi stava addosso. Non capisco di cosa mi accusino e perché non mi credano. Non hanno voluto ascoltare da me nemmeno una parola. Né una suora né il medico né l'assistente sociale mi hanno chiesto di raccontare quello che è successo.

Qualche giorno dopo mi accompagnano in un ufficio di polizia. Le suore mostrano a un funzionario il referto medico. Dicono che mi sono inventata tutto e che l'uomo denunciato non ha commesso alcun reato, così il caso viene archiviato.

Ne ricavo una grande lezione educativa: le vittime della violenza vanno punite. Infatti, per tutta l'estate, subisco le "giuste" punizioni. Quelle ordinarie, impartite a suon di ceffoni, e quelle della madre superiora. I castighi sono vari. Digiuno al buio in camerata. Pulizie straordinarie. Ore e ore nella chiesa gelida, a meditare sulle mie colpe.

La forzata permanenza in camerata mi porta però qualche vantaggio. Poiché sono sola, comincio a razziare tutto il possibile. Non che ci siano molte cose da rubare, ma conoscendo i nascondigli più comuni posso fregare i capi di vestiario che mi servono. Sotto un materasso, trovo dei pantaloni azzurri di velluto a coste, che mi saranno utili per i successivi cinque anni. In altri nascondigli rimedio della biancheria intima, un maglione e finalmente, per la prima volta nella vita, riesco a impadronirmi di un asciugamano. In tutti i collegi in cui sono stata gli asciugamani non erano previsti, e nemmeno qui. Quelle poche volte che ci laviamo il viso l'asciugatura è naturale, cioè restiamo bagnate. Se proprio fa freddo (l'acqua calda non esiste) si usa la camicia, la gonna o il lenzuolo. Oppure si approfitta delle ospiti esterne, che appoggiano i loro asciugamani sulla sbarra del letto: passando, di nascosto li strofiniamo sul viso. Adesso, però, ne ho uno tutto mio.

Finite le vacanze estive, ricomincia la scuola. Ho concluso con successo le medie, sono stata promossa alle superiori, un traguardo che raggiunge solo una piccola parte di noi. A questo punto della permanenza in collegio si forma una divisione fra le ospiti. Quelle che proseguono gli studi hanno dei privilegi rispetto alle altre, perché non fanno più i lavori di cucina e di lavanderia. Per il bucato degli effetti personali ognuna deve provvedere per sé e la pulizia dei locali è comune, ma tutto il resto, compresa la biancheria delle suore, spetta a quelle che non vanno a scuola.

Cambio reparto, mi trasferiscono al piano di sopra, tra le "grandi". La cosa più bella è ritrovare Clotilde.

La camerata è più o meno la stessa. In più c'è un ripostiglio, che si trova proprio vicino al mio letto, da cui provengono odori fortissimi, a tratti nauseanti, di formaggi, salumi, cibi vari. In camerata sono ospitate anche ragazze provenienti dai paesi limitrofi, dove non esistono scuole superiori. Evidentemente sono ragazze povere, se si adattano alla vita del collegio. Il ripostiglio è il deposito delle loro valigie, che spesso contengono anche cibarie. Ovviamente, per noi interne, rappresenta un bottino da razziare.

Per le fortunate che hanno superato il ciclo delle medie, la scuola superiore viene decisa direttamente dalle suore. Per me scelgono una scuola professionale femminile.

A scuola mi ci mandano da sola, è così per tutte le "grandi". Quando piove mi bagno perché non possiedo un ombrello. Cerco di proteggere quei pochi libri che ho, mettendoli al riparo sotto il maglione.

Il problema non sono tanto i chilometri da percorrere ma le scarpe consumate, le stesse da due anni. Si formano dei buchi nelle suole, si bucano anche le calze, occorre della carta resistente per tapparle. Dove vado a prenderla? Ho un'idea. Le mie compagne di scuola possiedono degli splendidi album da disegno, con fogli molto spessi. Rubo un album, nascondendomelo addosso. Ritaglio delle solette che mi infilo nelle scarpe: adesso sono più strette, ma almeno non appoggio direttamente a terra la pianta del piede.

Purtroppo anche la suola di carta dura poco, così decido che le scarpe devo procurarmele. Cioè rubarle. Per andare a scuola percorro due vie lunghe e diritte, tra le più belle e antiche della città. La prima porta quasi al mare. Poi svolto a destra e ne prendo una che arriva a scuola. A metà si trova una bancarella, e un giorno mi fermo a osservare le belle scarpe esposte. Cerco di capire come fregarne un paio. Vedo che la bancarella è gestita da una sola persona anziana, il che mi convince di avere buone possibilità di farla franca. Chiedo al negoziante di provare un paio di scarpe. È molto gentile, sceglie la mia misura e me le fa provare. Mi stanno a pennello, ma io chiedo una misura più grande: la bambina povera sa che non ne avrà tanto presto un altro paio, e queste crescendo le staranno strette. Il negoziante mi accontenta e, finalmente, ho le scarpe nuove. Mentre lui mi raccomanda di non mettere i piedi fuori dal tappetino, una signora gli chiede informazioni e quello si volta per risponderle. È ciò che aspettavo. Mi alzo e scappo via come un fulmine, sotto una pioggia d'insulti.

Alla prima traversa svolto e m'incammino verso la scuola con le scarpe nuove. Quelle bucate le ho lasciate a lui. Il cuore è in tumulto, e la coscienza mi rimorde. Però, guardando le mie scarpe lucenti, mi consolo presto. Mi sento più simile alle altre, finalmente potrò alzare i piedi senza vergognarmi.

Poi, viene il giorno della chitarra. Un pomeriggio la signora si presenta in collegio portandone una con sé. Elettrica, bianca, bellissima. Dice che nostro fratello Andrea l'ha regalata a noi due e la consegna a Clotilde.

La chitarra diventa per me una sorta di oggetto di devozione. Mia sorella la tiene vicino al letto, io ogni tanto la prendo, l'accarezzo, pizzico le corde. La guardo e mi pare di scorgere mio fratello, lo sento vicino, mi sembra di comunicare con lui. Sento che anche per Clotilde è la stessa cosa. Quell'oggetto la rende felice. Ed è proprio questo che indispettisce la suora del nostro reparto, madre Ranno. Di bassa statura, robusta, sgraziata, ha mostrato fin dall'inizio un astio particolare nei confronti di Clotilde. Un astio che cresce col tempo. Mia sorella diventa sempre più bella: la corporatura snella, la carnagione chiara, i capelli neri, gli occhi a mandorla. Solare e comunicativa, ha raccolto intorno a sé un gruppo di amiche che rivaleggiano con lei nelle piccole frivolezze della gioventù. La sua risata argentina si propaga per l'istituto. Avverto che madre Ranno è invidiosa di lei, della sua bellezza, della sua intraprendenza, anche della sua voce. Clotilde canta le canzoni liturgiche, le uniche che conosciamo, ma pure questo le dà fastidio. Non perde occasione per tiranneggiarla, picchiarla, riempirla di lividi. A volte la butta per terra e la trascina per i capelli nella camerata. Penso che vorrebbe strapparglieli tutti, per renderla brutta come lei.

La gioia che la chitarra dà a mia sorella rende furiosa la suora. Che, infine, ce la sequestra. Le nostre proteste sono così vivaci che arrivano alle orecchie della madre superiora. Lei è una donna molto diversa: una suora di origine spagnola, che ama la musica. Vuole permetterci di usare la chitarra, ma facendo in modo di non contraddire apertamente madre Ranno. Così ci impedisce di tenerla in camerata, ma organizza per noi e altre ragazze lezioni di musica, utilizzando volontari esterni.

Sono quattro ragazzi che hanno un loro complesso musicale. C'è il chitarrista, Michele, alto e magro, con i baffi, di una serietà impressionante, sempre corretto, un po' rigido. Luca, il bassista, più estroverso, ci guarda invece con l'interesse che normalmente i giovani dimostrano alle ragazze. Filippo, il tastierista, è l'anima del complesso, simpatico, pieno d'iniziativa. E poi c'è Gianni, alla batteria: bruno, riccio di capelli. E introverso fino al mutismo.

Il collegio mette a disposizione il locale, la chitarra, le ragazze e la buona volontà.

I ragazzi portano la tastiera, la batteria, il basso e gli amplificatori. È Clotilde a scegliere le altre: Ada, Graziella e Cettina. A ognuna è affidato uno strumento su cui esercitarsi, la chitarra la dividiamo mia sorella e io.

Le lezioni si tengono una volta ogni quindici giorni. Quando arriva il momento, noi ragazze ci mettiamo alla finestra, aspettando con impazienza che giunga il furgone bianco. Mia sorella impara anche canzoni laiche, e ovviamente è lei la cantante designata del gruppo. La chitarra la usiamo a turno ma, con o senza chitarra, a cantare è sempre Clotilde.

Intanto mio fratello Giancarlo, che pare sappia tutta la storia, ci viene a trovare qualche tempo dopo, e ci racconta le traversie di quella chitarra.

Dopo essere stato respinto dalla signora, Andrea è andato in Olanda e lì ha trovato lavoro in una fabbrica. Entra a far parte di un complesso musicale che si esibisce nei locali. Compra la chitarra. Poi si ammala – Giancarlo dice per il morso di un pappagallo, ma è una cosa che faccio fatica a credere – e muore. Ha solo vent'anni. I suoi amici e colleghi di lavoro credono che abbia un bellissimo rapporto con la madre, visto che le scrive tante lettere e le manda spesso fotografie. In realtà da quelle lettere Andrea non ottiene alcuna risposta, ma lascia credere agli amici che la sua mamma gli voglia un gran bene e versi in condizioni di grande povertà. Così, alla sua morte, viene organizzata una colletta per pagare il viaggio alla signora e per il trasporto in Italia della salma. Anche in quella occasione non si smentisce: sebbene abbia ricevuto una somma cospicua, la signora fa seppellire il ragazzo nella nuda terra, con una semplice croce. Giancarlo, che l'ha accompagnata in Olanda, fa in modo che le ultime volontà di Andrea siano rispettate: tra queste, c'è che la chitarra arrivi a noi due sorelle.

Sono commossa, il cuore si gonfia e lacrima. Amo quella chitarra ancora di più. La amo come se fosse un fratello, ora. Chiedo e ottengo di portarla con me a scuola, adducendo come pretesto che si preparano spettacoli per il saggio di fine d'anno. In classe, a dispetto dei professori, la suono appena possibile. Divento popolare tra i miei compagni, vantandomi di saper suonare qualsiasi canzone. È falso ovviamente, ma loro di come si suona ne sanno ancor meno di me, un piccolo primato che mi riempie d'orgoglio, per la prima volta nella vita.

Visto che la considerazione sociale aumenta, anche la fiducia in me stessa cresce. In effetti il nostro complessino fa progressi. Michele organizza pure qualche spettacolino nel nostro istituto e tutte ci ammirano. Per madre Ranno quegli applausi sembrano essere puro veleno, specialmente quelli per Clotilde.

L'abbonamento alla sfortuna mi presenta il conto. Un giorno arriva la signora e ci chiede di restituirle la chitarra.

Noi protestiamo, con tutta la forza: «La chitarra è nostra, ce l'ha lasciata Andrea!».

Madre Ranno, gongolando, ci ordina di andare a prenderla. Mia sorella si rifiuta. Per non dare soddisfazione alla sua nemica, mi offro io. Stringendola a me e bagnandola di lacrime, la porto davanti alla signora. Ma, anziché mettergliela sulle braccia tese, in un impeto di rabbia la butto per terra. Ci salto sopra, schiacciandola furiosamente sotto le scarpe, finché riesco a fracassarla.

La signora mi picchia davanti a madre Ranno. Io incasso le botte senza reagire: non mi importa, non mi importa di niente, tranne della mia chitarra morta. Niente più complesso, niente più musica, sento che anche una parte di me è morta.

È un trauma che mi segna profondamente. Ho conosciuto una delle cose più belle che l'umanità abbia scoperto. Ho conosciuto la musica. È entrata in me, l'ho sentita vibrare come un'emozione profonda, unica vera possibilità di espressione nel silenzio della mia esistenza. L'attesa festosa dei pomeriggi di musica in collegio non tornerà, le illusioni di una stagione felice si sono dissolte. La mia vita fa un brusco salto indietro: ora le giornate tornano buie, cupe, avvolte in un nulla senza senso.

Rimane la scuola, l'unica ancora di salvezza. Non ho più la chitarra, ma voglio mantenere quel poco di popolarità che ho acquistato, così ne penso una al giorno per guadagnare punti tra i compagni. In assenza degli insegnanti, organizzo giochi di prestigio, scommesse, attività più o meno eccitanti. Però mi concentro anche nello studio, per cui i professori si lamentano soltanto della mia condotta.

L'ambiente esterno all'istituto è un mondo da esplorare, pieno di cose affascinanti. Assorbo tutto rapidamente, lo faccio mio e poi lo trasformo secondo i miei interessi, dimostrando una certa fantasia. Il gioco delle carte, per esempio. Non ho mai visto una carta da gioco, ne ignoro persino l'esistenza, quando un giorno una compagna ne porta in classe un mazzo. Rimango subito rapita da quegli strani simboli. Alla prima spiegazione afferro le regole, e quasi subito capisco come posso trasgredirle: se si tratta di un mezzo per ottenere qualcosa, io non posso stare semplicemente alle regole. È quello che mi ha insegnato la lotta per la vita, il collegio.

Altre volte improvviso sedute spiritiche. Quando è assente un insegnante, o durante la ricreazione, oscuro le finestre, accosto quattro sedie e vi faccio distendere una compagna. Poi, dopo aver creato l'atmosfera, dispongo me e altre tre compagne in modo da trovarsi in due per ogni lato della ragazza sdraiata. «Al mio comando,» dico solennemente «con le mani giunte e le sole dita del medio, due sotto le ascelle e due sotto le ginocchia, la solleveremo, facendola levitare in aria». Tutto sta nel convincere le altre che l'esperimento riuscirà, le scettiche sono invitate ad andarsene. La ragazza distesa si rilassa alle mie parole e poi.... riusciamo effettivamente a sollevarla di quasi un metro. Sono riuscita a infiammare l'immaginazione delle compagne e a condizionarle, alla fine sono tutte convinte dei miei poteri paranormali.

Anche per la colazione mi tocca usare la fantasia. In classe si fa la lista delle consumazioni da acquistare al bar adiacente alla scuola. Mi propongo sempre io, che pure non ho un soldo, sperando di riuscire a sgraffignare qualcosa. Un giorno il barista fa confusione coi vari pezzi da incartare e in classe scopro che ci sono tre pezzi in più, che divoro avidamente.

Capisco che potrei sfruttare la situazione. I giorni seguenti, a bella posta cambio e ricambio i numeri dei pezzi, in modo che il poveruomo si confonda e sbagli i conti a mio favore. Il problema nasce quando il barista si accorge che sono io a creare confusione. Tralascia gli altri avventori e si concentra su di me, che però riesco lo stesso a farlo sbagliare. Se conquisto più d'un pezzo, regalo alle altre compagne dell'istituto la colazione in esubero, ma non ho il coraggio di offrire qualcosa a Clotilde, perché ho timore del suo giudizio.

A un certo punto il regolamento viene modificato: noi alunni non possiamo più andare al bar. Un addetto viene a vendere le merende su un apposito bancone, installato nell'atrio della scuola. Non c'è più motivo di fare le liste e io mi ritrovo disoccupata. Cosa fare? Per puro caso un giorno, vicino al banco delle merende, la sparo grossa: a voce alta dico a una compagna che potrei mangiarmi dieci panzerotti in due minuti.

«Ma dai» dice lei: «Nessuno può farcela».

Il barista, che ha sentito, si fa una risata: «Guarda,» dice «se riesci sul serio a mangiarne dieci ti offro la colazione per un mese. Se ti fermi prima paghi tu».

Non so nemmeno a cosa vado incontro, perché quel dolce non l'ho mai assaggiato. Se lo sapessi sicuramente non mi sbilancerei, perché i panzerotti sono paste secche, difficili da mandare giù senza bere. E comunque, accetto.

Il barista ne mette dieci in fila sul banco e mi fa spazio. Ingollato il primo, mi rendo conto dell'azzardo della sfida: il faccione del barista è sorridente e fiducioso della vittoria. Ma le compagne del collegio tifano per me: devo farcela, devo farcela assolutamente, anche per loro. Clotilde sta a guardare in silenzio con aria di disapprovazione. Si sente superiore, non si invischierebbe in una scommessa così volgare che rivela fin troppo chiaramente la nostra fame cronica. Decido di non guardare nella sua direzione perché mi bloccherebbe, ma già a metà percorso non ce la faccio più, ho bisogno di bere.

Eppure la volontà di non patire l'ennesimo fallimento è più grande. Più della sete e del disgusto. La mia gola si dilata a più non posso, e il miracolo si compie. Vedo la faccia allibita del banconista e degli spettatori. Alunni e professori non riescono a capacitarsi dell'impresa, ma loro non sanno che io ho un'arma segreta: la fame.

Guadagno un mese di merendine, che mi vengono sempre concesse senza difficoltà. Il barista ha un'espressione strana. Non so cosa pensi di me, se gli suscito pena o ammirazione, ma non m'importa. Ciò che conta è che non passo più le mattine a pancia vuota.

La scuola per me è diventata un parco giochi. Ne invento uno al giorno, cercando inconsciamente una rivalsa alle umiliazioni che subisco in collegio, dove mia sorella e le sue compagne mi trattano come il brutto anatroccolo.

Rivaleggiano nell'apparire belle, si specchiano ai vetri delle finestre e delle porte. Graziella inventa un metodo per lisciarsi i capelli: li bagna, arrotola un ciuffo al centro della testa usando il cilindro di cartone dei rotoli di carta igienica consumati. Li stira, girandoli sulla testa, li blocca con un foulard e va a letto. A notte inoltrata fa lo stesso, ruotando i capelli in senso inverso: praticamente sta tutta la notte con i capelli bagnati.

Io non sono ammessa al circolo delle belle, e Clotilde mi umilia ripetutamente davanti alle altre. Così, per reazione, a scuola ne combino di tutti i colori. Quell'anno scolastico è disastroso. Mi rimandano in tutte le materie per cattiva condotta, ma mi danno la possibilità di non perdere l'anno sostenendo un esame al rientro dalla pausa estiva. Supererò l'esame brillantemente, pur non avendo toccato un libro per tutta l'estate.

Quasi ogni giorno invidio Clotilde. Quasi ogni giorno devo ricredermi, perché madre Ranno la maltratta continuamente. Più cresce e si fa bella, più la suora la picchia e la umilia davanti alle altre, lasciandole lividi in tutto il corpo. In quei momenti, non è più il modello irraggiungibile da ammirare e imitare, ma una povera creatura crudelmente perseguitata. Il mio istinto sarebbe di correre in suo aiuto, ma la suora fa troppa paura. Così rimango spettatrice imbelle della sua sofferenza.

6
UN'ALTRA ESTATE

Arriva l'estate, è di nuovo il momento di lasciare l'istituto per andare a servizio presso una famiglia. Stavolta per me si presentano due coniugi ancora giovani, l'aspetto fine e il portamento elegante da veri signori. La donna è snella, ben truccata, con l'accento del Nord. L'uomo alto, distinto. È ingegnere, ma non dice una parola.

Alla suora che mi presenta, la signora spiega che mi dovrò occupare della loro casa delle vacanze, dei due figli piccoli e della cucina. Alla fine del servizio il mio compenso sarà di sessantamila lire. Sessantamila lire! Una piccola somma, che per me è una vera ricchezza. Sono felice di seguirli.

La donna possiede una farmacia. Il primo giorno mi porta nel suo appartamento di città, mi ordina di fare le pulizie e se ne va. Mi ritrovo sola in una casa grandissima: una decina di stanze e quattro bagni, uno per ogni membro della famiglia. Mi guardo intorno: non so bene da dove iniziare e che prodotti usare. Poi, durante l'esplorazione, resto a bocca aperta davanti alle camere dei bambini: colme di giocattoli, un vero paese dei balocchi! La stanza della signora invece è piena di profumi, trucchi, cofanetti e portagioie debordanti di monili, collane, anelli. L'arredamento mi pare stupendo, con specchi ovunque. Anche la cucina è enorme, la dispensa ricolma di cibi invitanti, ma non assaggio nulla. Quel maledetto diavolo, sempre alle costole, me lo impedisce.

Mi metto all'opera, lavorando sodo. Dopo qualche ora, mentre sono ancora intenta al lavoro, rientra la padrona tutta indaffarata. «Ancora qui sei? Non hai concluso nulla... ma di quante ore hai bisogno per fare le pulizie?»

Ingenuamente rispondo: «Non saprei...».

Mi ordina di lasciare tutto, prende alcuni oggetti con sé e mi porta nella sua casa al mare.

Questa, per fortuna, è di dimensioni ben più modeste. Un bungalow, che fa parte di un grande complesso. Pochi gradini portano all'ingresso e a un terrazzino. Si entra direttamente in un grande soggiorno, con vari spazi arredati e una cucina molto piccola. La padrona non mi fa nemmeno fiatare: «Avanti, al lavoro!» dice. «C'è l'insalata da lavare e tagliare.» La cucina è talmente angusta che non permette ampi movimenti, per cui trovo difficoltà a sbrigarmi rapidamente.

Poco dopo arriva il marito. Con la tuta da sub. Porta dei polpi, tantissimi, che andranno cucinati. Non ho mai visto un sub né un polpo, per cui rimango attonita. Quegli animali strani, ancora vivi, che si muovono come un mazzo di serpenti con una sola testa e che si attaccano ovunque, mi fanno impressione e scoppio a piangere.

«Che piangi? Qui c'è da lavorare» mi rimprovera brusca la signora: «I polpi li butti ancora vivi nell'acqua bollente, poi toglierai la pellicina e li taglierai a pezzetti piccoli piccoli. Ma fai presto, perché gli ospiti hanno fame!».

Non smetto un minuto di lavorare, mentre di là cominciano ad arrivare persone allegre e rilassate in costume da bagno, compresi i bambini di cui dovrò occuparmi, ma che non mi vengono nemmeno presentati.

Mentre servo a tavola mi sembra di essere trasparente. Nessuno si accorge di me. Dopo il pranzo sparecchio e, su suggerimento della padrona, poso le pile di piatti sul pavimento della cucina, perché non c'è altro posto. I piatti sono preziosi, di porcellana purissima. Non che io me ne accorga (per me un piatto vale l'altro), ma la signora ci tiene a farmelo sapere. Dritta davanti a me, mi fa mille raccomandazioni su come trattarli. Così lavo tutti i piatti, rigoverno la cucina, quando termino è già pomeriggio inoltrato. Adesso bisogna lavare la biancheria. Fuori c'è un lavatoio, e tutto va lavato a mano. La signora spiega e dirige, non dimentica nulla, tranne che ho saltato il pranzo. Non ha previsto pause per me, neanche per mangiare. Lei parla, parla, a un certo punto non la seguo più. Mi scoppia la testa, sono sfinita.

A cena c'è altro pesce ma i signori sono delicati, non sopportano le spine. Devo togliere le lische e le spine, una per una, guai a sbagliare. Per un pezzo di insalata o di polpo troppo grande, o una spina dimenticata, la signora mi rimprovera aspramente. Servo in tavola e, come a mezzogiorno, nessuno si ricorda che anch'io dovrei mangiare qualcosa, così oggi è finita che ho saltato pranzo e cena.

Verso mezzanotte, dopo l'ultima pulizia della casa, potrei finalmente andare a letto, ma scopro solo adesso che non c'è posto per me nel bungalow. La padrona mi accompagna appena fuori dal villaggio turistico, dove si trova una palazzina. Lì ci aspetta un suo amico che mi consegna la chiave di un appartamento a piano terra. La signora mi fa entrare in una stanza con due letti e lì mi lascia: «Ti aspetto domani mattina al bungalow, alle sette in punto».

Non ho mai dormito da sola, sono un po' spaventata in quest'appartamento sconosciuto. Non ho un pigiama o una camicia da notte, ma per fortuna siamo in estate e fa caldo. Mi svesto, chiudo a chiave e m'infilo sotto le lenzuola.

Mi sono appena addormentata quando dei colpi alla porta mi svegliano di soprassalto. Caccio subito un urlo, ma dall'altro lato risponde una voce femminile che chiede gentilmente di aprire. Mi trovo davanti una ragazza sui vent'anni, dall'aspetto e dai modi un po' rozzi, ma molto affabile. È figlia di una domestica che presta servizio in uno dei bungalow del complesso turistico. Mi chiede chi sono, presso quale famiglia lavoro e a che ora dovrò riprendere servizio domani.

«Devo presentarmi alle sette,» rispondo «ma non ho né sveglia né orologio.»

«Intanto dormiamo,» fa lei «domani si vedrà.»

La mattina dopo appena sveglia corro al bungalow sperando di non essere in ritardo, e invece sì. La signora, nervosissima, dice che non può ammettere ritardi, perché deve recarsi al lavoro. Mi assegna i compiti da svolgere, ordinandomi di cominciare subito, anche se i suoi figli dormono ancora. I due ragazzi sono sistemati in un letto a castello, il maggiore ha tredici anni (appena uno meno di me) e la bambina dieci.

Comincio a sfaccendare, mentre tutto intorno c'è un'aria di festa. La grande porta d'ingresso è sempre aperta, dentro e fuori sembra uno spazio unico. Si scambiano battute, ridono, uomini e donne in costume vanno al mare che da lì si vede in lontananza. Sento il ticchettare ossessivo dei loro zoccoli di legno, la musica nell'aria. Mi sembrano tutti belli, ricchi, abbronzati. Le donne hanno borse eleganti, foulard a colori vivaci, occhiali da sole, cappelli di varie fogge, come una sfilata di moda.

Provo vergogna a guardarli, io che vesto con la camicia a

maniche lunghe, pantaloni, calze e scarpe chiuse. Sento di essere brutta, una nullità al loro confronto. E come una nullità vengo trattata, poco più di un elettrodomestico.

Se provo invidia e ammirazione per gli adulti, i piccoli li detesto. Hanno più o meno la mia età, ma che differenza! Sereni e spensierati, occupati solo a divertirsi. Io a sfacchinare, ad affrontare lavori mai fatti prima con l'incubo di sbagliare. In più sono due giorni che non mangio un boccone: neanche oggi la signora ha fatto cenno a questo trascurabile dettaglio.

I ragazzi si alzano, mi vedono, si comportano come se non ci fossi. Aprono il frigorifero e si prendono il ben di Dio. Io li guardo far colazione, ho una fame da sentirmi male, ma nessuno mi ha autorizzata a prendere qualcosa, per cui non tocco nulla. In pochi minuti mettono la casa sottosopra, lasciando tutto in disordine. Poi, senza rivolgermi la parola, vanno via. Mi sembra assurdo: dovrei fare da baby-sitter a questi bambini che hanno quasi la mia età, e che della vita hanno avuto solo il meglio, che per me non mostrano la minima considerazione.

Finché non esisto è ancora accettabile. Poi si accorgono che possono divertirsi a mie spese e in un attimo divento il loro zimbello. Salta fuori un cagnolino: orrore. Già lo sapete che io dei cani ho paura, così comincio a strillare correndo per la casa, col cagnolino dietro e i ragazzi che ridono a crepapelle, finché finalmente si stufano del gioco e se ne vanno portandolo con sé.

Il cane diventa il mio incubo. Durante la giornata cerco di evitarlo, nascondendomi in bagno o saltando sui letti. Quando la signora se ne accorge lo fa portare fuori per evitare situazioni incresciose (per la paura rischio di buttare in aria i piatti con le pietanze) ma, in assenza dei genitori, i "piccoli" continuano a tormentarmi, spingendo il cane in casa, chiamando gli amici a raccolta e offrendogli gratis lo spettacolo del mio terrore. I ragazzi e il cane saranno il tormento di tutta l'estate.

Anche questa giornata trascorre, tra paura e fatica. A notte inoltrata, i signori come d'abitudine si riuniscono con gli amici per cenare, bere, fare quattro chiacchiere. Mi tengono a loro disposizione finché tutti se ne vanno. Rimesso tutto in ordine la signora mi congeda. Mi avvio al mio alloggio.

All'ingresso del villaggio c'è una sbarra azionata dal custode, che abita lì. È un vecchio dal volto rugoso, le palpebre gonfie e tanto abbassate che sembra abbia sempre gli occhi chiusi. Mi ferma e mi domanda dove lavoro, dov'è il mio alloggio e per quanto tempo rimarrò nei pressi. Per timidezza non rispondo. Lui mi dice di aspettare un attimo, entra in casa e ritorna con una tavoletta di cioccolato.

«È svizzero» dice, e me lo offre.

Dopo un attimo di titubanza, lo prendo, ringrazio e filo via. Appena fuori dalla sua vista, lo mangio avidamente. È la prima volta che lo provo, mi pare celestiale e soprattutto sono quarantott'ore che non tocco cibo.

Entrata nell'appartamento, trovo la ragazza della sera prima distesa sul letto, che ascolta musica da un mangiadischi. Rimango elettrizzata, ringrazio il cielo di averla come compagna di stanza. Ha pure una trousse per il trucco, una radiolina, l'orologio. Guardo, tocco tutto, chiedo spiegazioni.

Incuriosita dal mio atteggiamento («ma da dove arriva questa?»), la ragazza comincia a interessarsi a me e si presenta. Si chiama Isabella, e queste sono le sue vacanze. «Come ti ho detto mia madre lavora a servizio. Io» aggiunge con orgoglio «sono libera tutto il giorno e anche la sera, di andare dove e con chi voglio.»

Chiede notizie del mio lavoro, come si comportano i padroni, se da loro si mangia bene.

«Non mi hanno dato nulla,» rispondo «né ieri né oggi.»

Rimane stupefatta. Poi scuote la testa: «Questa sera non ho voglia di uscire, rimarrò a parlare con te. Ce n'è di cose che devi imparare per stare al mondo». Comincia a istruirmi: «I padroni non si curano del personale di servizio, devi essere tu a procurarti tutto di nascosto. Fatti furba, altrimenti ti ridurrai a non poter più stare in piedi. Ogni tanto riposati, mangia quello che capita. Guardati: sei troppo magra!».

Si accorge che non possiedo un cambio di biancheria intima e indosso sempre lo stesso vestito. Spontaneamente mi regala qualcosa di suo. Accetto contenta, anche se la sua taglia è più grande. Tra chiacchiere e consigli, trascorro una notte bellissima con la mia nuova amica. Mi dà anche il suo orologio: «Mettilo sulla sedia vicino al letto, così vedrai l'ora». Mi tocca confessarle che non so leggerla. Lei, con pazienza, me lo insegna.

«E al buio, come faccio a vederlo?»

«Tieni il mio accendino. Tanto in camera non fumo.»

Mi dà pure il permesso di usare il mangiadischi in sua assenza e mi mostra come funziona. Così le prossime notti, mentre Isabella è fuori, non perdo tempo a dormire. Ascolto la musica. La mia mente evade in un mondo sereno. Un mondo di bellezza e libertà.

Come mi ha consigliato Isabella, mi faccio più furba. Ogni tanto, non vista, prendo un po' di formaggio, una brioche, un pezzo di pane e li mangio di nascosto, in bagno. Se la signora non è presente al momento di sparecchiare (dopo pranzo prende il sole, è una maniaca dell'abbronzatura), io invece di buttare i resti li mangio avidamente con le mani.

Ogni sera il custode mi aspetta al varco e mi attira in casa sua con il pretesto del cioccolato. Pian piano cerca di familiarizzare provando ad accarezzarmi, una volta sulla spalla, poi su un braccio, sul viso. Mi ritraggo, non capisco a cosa mirino quei tentativi di approccio, ma ne sono ugualmente turbata. Tuttavia la sua gentilezza mi trattiene dal reagire con sdegno. Mi sembra da ingrata fuggire via e lasciarlo in malo modo. Poi, una sera si mette fra me e la porta d'ingresso, impedendomi di uscire. Mi afferra e mi butta sul divano. Dice: «I miei figli lavorano in Svizzera. Mandano tanto cioccolato, bianco, nero, di tutti i gusti, lo darò a te se non scappi via».

Me lo vedo addosso e comincio a tremare. Non so come, riesco a svincolarmi e scappo al mio alloggio. Isabella mi vede arrivare sconvolta. Le racconto tutto.

«È un porco,» dice «ad approfittarsi di una bambina, dovrebbe provare con me!»

Le racconto anche l'episodio dell'anno prima: «Ma perché si comportano così? Cosa vogliono farmi gli uomini?».

«Lo capirai da te. Intanto non accettare più nulla dal custode, evitalo a tutti i costi.»

Una sera la padrona mi annuncia che la cena sarà servita in spiaggia, il che comporterà un impegno maggiore. Non sono mai scesa al mare, nemmeno di giorno. La battigia è una bassa scogliera molto frastagliata, con rocce di varie dimensioni. Fra le rocce si trovano anfratti isolati e spiaggette con sassolini rotondi. La discesa a mare è una stradella a fondo naturale, poco illuminata.

Quella sera anche la signora viene in cucina ad aiutarmi e prepariamo una grande varietà di cibi. Poi comincio a fare la spola dalla cucina alla spiaggia, portando le pietanze. La stradella è ripida, mi fanno male i piedi, le mie scarpe non sono adatte al percorso accidentato, e infatti in quell'occasione le rovino completamente.

La serata è movimentata. Musica, allegria, confusione. Dopo un po' gli alcolici fanno effetto e comincio a notare atteggiamenti strani. Non ci sono bambini e ragazzi in spiaggia tranne me, ma io non conto nulla e nessuno si cura delle mie reazioni.

Vedo coppie che si isolano negli anfratti e si comportano in modo per me inusuale. Conosco quelle persone, spesso sono ospiti dei miei padroni, ma le coppie che si appartano non corrispondono a quelle che ho sempre visto insieme. Sono assortite in modo diverso. La moglie di uno con il marito di un'altra.

Nel chiarore della luna e delle poche lampade, vedo gente che esce dall'acqua senza costume, completamente nuda, e con disinvoltura mi passa davanti. Per me, che non ho mai visto un uomo nudo in vita mia, è un vero e proprio shock quando un signore inizia a farsi tranquillamente la doccia davanti a me con il membro eccitato. Caccio un urlo e mi cade il vassoio dalle mani, ma poi devo proseguire il lavoro fino alla fine.

Finalmente torno al mio alloggio. Sono turbata. Piango. Isabella non è in casa. Accendo il mangiadischi e cerco di dimenticare tutto con la musica.

La mia amica rientra che sono ancora sveglia. Le racconto tutto. Lei sa quel che succede in certi ambienti, mi spiega che lo chiamano "scambio delle coppie". I signori lo fanno a volte, ma solo tra loro, standо bene attenti a non guastare la facciata di rispettabilità. Anche coppie con figli, certo. Per evitare che i bambini possano assistere, i genitori si organizzano fra di loro. Qualcuno, a turno, si sacrifica per tenerli occupati.

«Ti ci devi abituare, perché qui ti accadrà spesso, lo so da mia madre. Lei presta servizio fino al pomeriggio. Un giorno le hanno chiesto di rimanere fino a tardi, ma, dopo aver assistito a quelle scene, si è rifiutata. Ma tu sei obbligata, dovrai affrontare queste situazioni».

Isabella non chiude mai a chiave la porta della stanza, dice che non ci sono pericoli. Nell'appartamento ci siamo solo noi e non entrerà nessuno.

Una notte, però, sento qualcosa sotto il lenzuolo, che mi sfiora la pelle nuda. Penso nel dormiveglia che sia un animale. Chiamo Isabella, che dorme profondamente e non mi sente. Allora cerco di alzarmi. E sbatto contro "l'animale". È grosso e pesante.

Accendo la luce. Il distinto signore amico della padrona, quello che mi aveva dato le chiavi dell'appartamento, è di fronte a me, completamente nudo. Con una mano si masturba, con l'altra mi tocca sotto le lenzuola.

Urlo. Isabella si sveglia di soprassalto. Lo copre d'insulti: «Porco schifoso, non lo vedi che è una bambina? Va' subito via. Se ci riprovi, lo dico a tua moglie».

Il distinto signore, senza una parola, se ne va.

Io scoppio in lacrime. Isabella mi abbraccia per consolarmi: «Ascolta un po' di musica adesso, stattene tranquilla. Cercano di abusare di te perché sei sola al mondo. Devi sempre stare con gli occhi aperti».

A denunciare il fatto non ci penso nemmeno. La lezione dell'anno precedente l'ho imparata fin troppo bene.

Così passano le mie vacanze estive. Tutti i giorni a sfacchinare, ore e ore in piedi. Loro trangugiano di tutto, fumano, bevono. Un giorno alla settimana la signora mi porta in città per la pulizia dell'appartamento e, all'ora di pranzo, mi riporta al bungalow. Ogni giorno è lavorativo: niente domeniche, niente turni di riposo.

Lavare le stoviglie in quella cucina minuscola richiede un'abilità da giocoliere. Bisogna insaponare i piatti, accatastarli sul pavimento, riprenderli uno per uno, risciacquarli e asciugarli. Un giorno, malauguratamente, ne rompo uno e ingenuamente lo riferisco alla padrona. Non l'avessi mai fatto. Quella s'infuria, dice che si trattava di un oggetto prezioso in pura porcellana decorato con profili d'oro, che il danno è gravissimo perché non ho rotto solo un piatto, ma rovinato un intero servizio.

Concluso il periodo estivo, ritorno in collegio. La fine del lavoro è un sollievo, ma mi spiace moltissimo lasciare Isabella.

La signora mi riporta da madre Ranno, che le domanda subito se ho ubbidito, se ho lavorato di buona lena e senza creare problemi. Mentre discutono, io penso alle sessantamila lire che la signora mi deve, con cui soddisferò finalmente le mie piccole necessità. Ma ecco che quella si congeda, fa per andarsene. Mi faccio coraggio e dico alla suora: «Ma non mi ha ancora dato i soldi che mi spettano!».

Prima ancora che la suora possa aprir bocca, la signora si volta inviperita: «Come? Chiedi soldi? Tu a me li dovresti dare!» e dice che ho rovinato un prezioso servizio di piatti, di valore inestimabile.

Madre Ranno mi schiaffeggia in sua presenza: «Con te facciamo i conti, chiarirai tutto alla madre superiora».

Così imparo un'altra lezione: i ricchi spesso sono più avari dei poveri.

L'esperienza lavorativa ha messo fuori uso le mie uniche scarpe: l'andirivieni sulla strada sterrata e sugli scogli le ha strappate e bucate in più punti. Non ho il denaro per ricomprarle e comincio a guardarmi intorno: dopo un'estate faticosa e umiliante, sono ancora costretta ad arrangiarmi.

Come nostra abitudine, quando qualche ragazza se ne va dall'istituto perché trasferita, cerchiamo di approfittarne per derubarla. Mentre lei raccoglie le sue cose, viene distratta ad arte per poterle sottrarre qualche effetto personale. Mi offro di aiutare una di queste ragazze a riempire una busta di plastica con tutti i suoi averi (nessuna di noi possiede una valigia o una borsa). Riesco a farle "dimenticare" un paio di scarpe.

Sfortunatamente sono troppo strette per me. Le taglio ai lati e poi fisso la tomaia alla suola con pezzetti di spago. Mi vergogno ad andarci in giro, ma non ho alternative. Le porterò per quasi un anno, rovinandomi i piedi, e per tutte le altre necessità continuerò nello stesso modo. Piccoli furti, sempre con il terrore di essere scoperta e picchiata dalle compagne o dalle suore.

Come gli inverni passati, c'è da affrontare il problema del freddo. Non ho mai posseduto un giubbino, una giacca pesante, un soprabito. Già in istituto soffro il freddo: andare in cortile è obbligatorio anche col maltempo, a meno che piova a dirotto. È ancora più duro andare a scuola, percorrere un così lungo tratto con il solo maglioncino, procuratomi Dio solo sa come. Se piove e mi trovo per strada, mi bagno fino all'osso, perché ovviamente non ho un ombrello. Rimango bagnata tutto il giorno finché gli abiti non mi si asciugano addosso, ho spesso la febbre ma non mi viene mai permesso di mettermi a letto durante il giorno, qualsiasi siano le mie condizioni. In casi particolari, se piove o sto troppo male, mi servo dell'autobus senza pagare il biglietto. Qualche volta il controllore mi sorprende e mi fa la multa: multe che nessuno paga.

Comunque, l'anno della seconda superiore a scuola imparo a comportarmi bene, capisco meglio il modo di ragionare degli insegnanti e mi adeguo. L'unica a crearmi problemi è la nuova insegnante di lettere. Pretende che i compiti in classe siano scritti su fogli protocollo, che si vendono in cartoleria o presso il bidello. Io come sempre mi arrangio, utilizzando i fogli centrali del quadernone di qualche compagna distratta. Ma la professoressa si arrabbia moltissimo per questo, mi umilia davanti ai compagni. Non ha fiducia nelle mie capacità: nei temi mi dà bei voti, ma con un punto interrogativo. Sostiene che quella «non è farina del mio sacco», e si sbaglia di grosso. La sua severità sarà il mio incubo per i restanti tre anni di scuola superiore.

Anche quest'anno riesco a risolvere il problema della merenda. Viene distribuita a scuola, dietro un lungo bancone. Le ragazze si affollano a ridosso del banco e io, strisciando sul pavimento tra le loro gambe, arrivo fin sotto. Approfittando della ressa, sporgo la mano fra le merendine e me ne servo. Qualche volta riesco persino a prenderne più di una e le utilizzo come merce di scambio. Spesso però mi prendo anche dei calci, a volte finisco letteralmente calpestata. Posso dire che la merenda me la guadagno sul campo.

Mi capita di conoscere una persona che avrà un ruolo importante nella mia vita. Il prete dell'istituto, padre Cantalamessa, viene sostituito per motivi di salute da un altro sacerdote, padre Marco. Lui non porta l'abito talare come gli altri, ma è sempre vestito in borghese. Un uomo gentile, disponibile, che fa breccia nel mio animo. Durante la messa che celebra padre Marco, ragazzi suonano la chitarra. Sono momenti che mi emozionano fino alle lacrime: è tutto così bello…

Padre Marco è un gesuita, viene in collegio insieme a padre Rossi che è membro dello stesso ordine. Entrambi si mettono a disposizione, sia delle ragazze sia delle suore, per colloqui personali. Le suore riservano loro una stanza. In realtà sono pochissime le giovani che gradiscono questi incontri spirituali. Molte provengono da ambienti equivoci, sono reticenti a parlare dei fatti loro. Ma io sono felice di poter comunicare con una persona che mostra di capirmi. Le mie confessioni diventano finalmente veri colloqui, anche se continuo a non parlare dei disagi materiali in istituto. Me ne vergogno, e poi temo che le lamentele possano arrivare all'orecchio della superiora, peggiorando la mia situazione.

Mi apro col sacerdote mostrandomi come sono: sola, insicura. Abbandonata da Dio, dal mondo che mi circonda e persino da mia sorella, che vive le mie stesse sofferenze. Gli confesso le mie perplessità in materia di fede: le prediche in chiesa, le parole delle suore, tutto ciò che leggo su Dio contrastano palesemente con la mia realtà quotidiana. Questo Dio che ama tutti, che si prodiga per tutti, sempre presente al nostro fianco, io non l'avverto affatto. La Provvidenza non mi ha mai fatto trovare un paio di scarpe, ho sempre dovuto rubarle (questo, però, non glielo dico).

Padre Marco sa ascoltare, anche se le mie parole si fanno spesso lacrime e pause. Lui non interrompe e mi sta vicino anche in silenzio.

Per avvicinarmi anche a Dio, mi propone di far parte di una comunità di studio e meditazione religiosa, che lui stesso ha fondata da poco e si riunisce in un altro locale messo a disposizione dall'istituto.

La proposta mi rende felice, intravedo uno spiraglio di luce nella mia esistenza grigia. Mi sento anche lusingata per essere l'unica, fra le mie compagne, invitata a far parte del gruppo.

Il giorno stabilito mi presento nel luogo convenuto. Ci sono padre Marco e una ventina di persone adulte, quasi tutti studenti universitari prossimi alla laurea, qualcuno già insegna, c'è anche qualche medico. Io sono una mosca bianca: l'unica ragazza del collegio, povera, con una cultura certamente non paragonabile alla loro. Mi sento intimidita, ma padre Marco gentilmente mi presenta a tutti, si sforza di mettermi a mio agio.

Si legge un passo del Vangelo e, a turno, lo si commenta. Alla fine ognuno esprime buoni propositi da mettere in atto nella realtà di tutti i giorni, come aiutare nei compiti le ragazze del collegio che ne avessero bisogno (io stessa ne approfitterò per un aiuto in matematica).

Quanto a me, inutile dire che non faccio alcun commento né esprimo pie intenzioni. Il modo di parlare, di vestire, di esprimersi di tutti costoro, le sensazioni che descrivono, la fede che sembrano testimoniare sono per me del tutto incomprensibili, al punto da confondermi. Non sono sicura di vivere nel loro stesso mondo. È evidente che non hanno problemi materiali e quest'assenza di grossolane preoccupazioni sembra renderli più sereni e consapevoli. Forse la ricchezza materiale facilita la crescita spirituale? Crescendo capirò che non è affatto così, ma in quel momento non riesco a non pensarlo.

Nel frattempo, noto una metamorfosi in madre Ranno, ma solo nei momenti in cui incontra padre Marco. Allora diventa gentile, radiosa, quasi bella, se è lecito parlare di bellezza in un essere così sgraziato. Con me invece è ancora più dura, spesso mi picchia per un nonnulla. Anzi, mi accorgo che mi tratta peggio dopo che sono stata a colloquio con il padre. Le compagne più grandi mormorano che si è innamorata di lui e che il suo comportamento è dettato dalla gelosia. Comunque fa di tutto per ostacolare i miei incontri col sacerdote e per impedire che io frequenti le riunioni della comunità. Riferisco queste malversazioni a padre Marco. Madre Ranno smette di ostacolarmi con lui, ma per il resto continua a rendermi la vita impossibile.

Il sabato e la domenica, cioè quando gli altri riposano, mi viene data l'opportunità di lavorare in una casa privata. È l'assistente sociale che fa la proposta a tutte le ragazze a lei affidate. Rifiutano tutte, Clotilde compresa, io sola accetto. Raccolta la mia adesione, l'assistente sociale si eclissa di nuovo.

La coppia che ha avanzato la richiesta ha due figli di dieci e dodici anni. Il marito è bancario, la moglie insegnante. Il sabato successivo, dopo il rientro da scuola, i due mi conducono a casa loro. È una grande villa, in un paese a cinque chilometri di distanza dalla città. Il mio incarico naturalmente è quello delle pulizie.

Comincio subito a lavorare fino all'ora di cena. La signora prepara una crema buonissima e m'insegna a farla. Ne riempie quattro coppette per i figli, per sé e per il marito, dimentica quella per me. Del resto sono solo una cameriera, anche se di quindici anni.

Le volte seguenti la preparo io ma non ne mangio mai, perché gli ingredienti sono sempre misurati per quattro coppe. Il profumo mi fa star male, lo stomaco si contrae: li detesto quando gustano soddisfatti il dolce davanti a me, mentre io sono occupata a togliere il loro sporco.

La sera escono e mi affidano i bambini. Prima, però, la signora mi ordina di preparare la pastina e un piatto lo permette anche a me. Da un barattolo sparge sui piatti dei figli una sostanza giallina, granulosa. Poi ripone gelosamente il contenitore in frigorifero. Cos'è? Il profumo è buono, ne sono particolarmente attratta. Formaggio grattugiato, saprò poi, il parmigiano.

In assenza dei padroni lo assaggio con voluttà, e non solo quello. Secondo loro il piatto di pastina deve servire per il pranzo e per la cena, ma adesso sono cresciuta, mi sono fatta furba come diceva Isabella. Apro di nascosto il frigorifero e prendo ogni volta qualcosa, con moderazione certo, mica voglio che mi scoprano.

Rigovernata la cucina metto a letto i bambini e affronto la fatica maggiore: pulire il grande salone e il bagno. Quando la notte i signori rientrano, spesso sono ancora al lavoro. Mi autorizzano ad andare a letto finite le pulizie. La zona notte si trova al primo piano ma io dormo al piano terra, in una stanza riservata agli ospiti.

La domenica mattina è adibita alla pulizia totale della villa. Guardo con invidia i bambini che fanno colazione con latte e biscotti. La preparo io stessa, ma per me non c'è nulla, devo aspettare l'ora del pranzo. Se il sabato sera il mio unico pasto è un piatto di pastina, la domenica va decisamente meglio. I padroni sono sempre invitati dalla madre di lei, che è più generosa. Dunque, all'ora di pranzo ci trasferiamo tutti a casa sua in città e lì troviamo ogni volta una quantità di parenti. Apparecchio i tavoli e porto le pietanze. Anch'io posso approfittare del pranzo abbondante ma solo in cucina, dopo aver servito. Che importa dove? Finalmente mangio.

Il pomeriggio inoltrato mi è concesso di rientrare in collegio. La madre della signora mi regala cinquemila lire, che a me sembra un capitale: un biglietto di carta, non semplici monete. Contenta, affronto l'ultima fatica, il rientro a piedi. Dalla villa alla fermata del bus c'è molta strada da percorrere, con le scarpe scomode e rotte. Adesso però ho la speranza che, col lavoro, potrò comprarne un paio nuove.

In collegio mi sento importante e, davanti alle compagne, sventolo il mio biglietto da cinquemila per suscitare la loro invidia. Mi trattano da ricca, si avvicinano, mi blandiscono nella speranza che magari ci scappi una caramella: solo Clotilde non mi chiede mai nulla.

Un sabato sera, finito il mio lavoro, la signora mi avverte che dovrò dormire sul divano nel salone, perché la stanza degli ospiti d'ora in poi sarà utilizzata da suo fratello.

La notte, nel salone mi sento indifesa. Ho il sonno leggero, odo dei rumori, come se qualcuno cercasse di muoversi al buio. Infine si accende una lampada.

Un signore in pigiama, di bell'aspetto, sulla quarantina, si avvicina e viene a sedersi sul bordo del divano. Mi dice che ha litigato con la moglie e cerca compagnia.

«Mi sento solo, avrei bisogno di conforto, permettimi di stare qui, vicino a te.»

E io: «Sono soltanto una cameriera, vengo dal collegio». L'ingenuità della mia difesa si limita a fargli notare la nostra differenza di classe.

E infatti lui sorride: «Abbandonati,» dice «non pensare a nulla».

Invece io sono talmente impaurita che infilo la testa sotto le coperte.

Rimane a guardarmi a lungo, in silenzio, poi se ne va via.

La stessa scena si ripete la settimana dopo. Appena vedo la luce accesa, comincio a tremare e penso: «È lui, questa notte non si dorme. La volta scorsa è andata bene, speriamo non mi succeda qualcosa di brutto».

Lo supplico di andarsene perché il giorno dopo mi aspetta molto lavoro, ma lui non si muove, rimane seduto accanto a me a fissarmi. Poi mi accarezza i capelli e comincia a baciarmi sul viso. «Parla piano,» dice «potrebbe sentirci mia sorella.» Mi tiro la coperta sul volto, tenendola stretta con le mani. Ho paura a cacciarlo in malo modo, ma non so come difendermi. Ripeto soltanto che sono stanca e il giorno dopo dovrò alzarmi presto. Per fortuna non accade nulla di più. Poi, passata la nottata, la domenica il signore si comporta come se io fossi trasparente, non mi degna di uno sguardo.

Il lavoro e le condizioni ambientali sono molto pesanti, ma finalmente, alla fine del mese, ho il denaro (ventimila lire) per soddisfare qualche esigenza. Ci vorrà ancora altro tempo, e altri lavori, perché possa comprarmi un paio di scarpe. L'assistente sociale utilizza noi ragazze come mano d'opera a buon prezzo, ricevendo in cambio regali di ogni sorta. Siamo ubbidienti, avvezze alla fatica e ai maltrattamenti. Non abbiamo la minima cognizione del denaro, per cui la paga irrisoria ci sembra più che soddisfacente. Ma siamo abbandonate a noi stesse, senza alcuna protezione. In quasi tutte le famiglie presso cui mi capiterà di lavorare sarò oggetto di molestie sessuali. Se non verrò violentata, lo dovrò alla sorte o al caso. A molte altre ragazze dell'istituto non andrà altrettanto bene. Ne ricaveranno traumi psichici e turbe del carattere.

Storie così ne potrei raccontare a decine. Voglio ricordarne almeno una.

Graziana ha una mamma e una sorella più piccola. Il tribunale ha deciso di toglierla alla madre perché fa la prostituta, e di metterla in collegio, per allontanarla da un ambiente malsano. Se l'ambiente familiare era dannoso alla formazione di una bambina, il collegio si rivela un inferno. La piccola è trattata con disprezzo in quanto figlia di una "donna perduta". Punita e percossa quotidianamente da chi dovrebbe educarla. E, per giunta, restituita al medesimo ambiente materno durante i mesi estivi. Sempre che non vada a servizio da padroni inquietantemente amorevoli.

L'appartamento di sua madre è molto piccolo. Viene abbandonata all'ingresso mentre la mamma "lavora". Assiste all'andirivieni di uomini sullo stesso materasso, a scene non certo adatte a una bambina. Finita l'estate rientra in collegio, e ci racconta ciò che ha visto, contribuendo a formare nelle altre ragazze un'immagine distorta, per non dire mostruosa, del mondo esterno.

Dopo la pubertà, intorno ai tredici anni, Graziana comincia a soffrire di crisi epilettiche. Noi assistiamo con terrore alle sue convulsioni senza sapere come aiutarla. Andiamo a chiamare le suore. Ci rispondono che non c'è da preoccuparsi, si riprenderà da sola. Così, dopo le prime crisi, non le importuniamo più. Facciamo cerchio intorno a lei e aspettiamo che passi. Ma nessuna di noi sa che si tratta di una malattia: crediamo che sia una reazione alle violenze subite da Graziana sul luogo di lavoro.

Anche Graziana è stata mandata a servire in una famiglia benestante durante l'estate. Anche lei, come tutte o quasi, ancora bambina è stata introdotta al sesso dai suoi benefattori. Chi è stata più fortunata è stata costretta ad assistere al disgustoso spettacolo di uomini che, mentre le tastavano nelle parti intime, si masturbavano. Altre sono state brutalmente stuprate.

A Graziana è toccata questa sorte fin dal primo incarico.

Il pomeriggio, mentre rigoverna la cucina e la signora riposa in camera sua, il signore comincia a girarle intorno, la mette a disagio coi soliti complimenti pesanti.

«Signore,» dice lei «si allontani un po', così non posso lavare i piatti, rischio di romperne qualcuno.» Lui si avvicina, le tasta i fianchi, il sedere, ridendo della propria spregiudicatezza, nonostante le proteste della ragazzina.

Un giorno che la signora è fuori, l'uomo si fa ancora più audace. Mentre Graziana è al lavello, l'abbraccia stretta, da dietro, premendo il suo corpo contro di lei. La ragazza, terrorizzata, rimane immobile. Lui, tenendola stretta con un braccio, con l'altra mano le tappa la bocca. «Non urlare,» dice «qualunque cosa succeda, o per te saranno guai.» Pian piano le lascia libera la bocca, assicurandosi di nuovo che la ragazza non gridi: ma lei non lo avrebbe fatto, con le suore aveva imparato da sempre a subire senza protestare. La solleva e l'adagia supina sul pavimento. Le si inginocchia accanto e comincia a sbottonarle il grembiule.

«Cosa fa signore?» bisbiglia Graziana.

«Non preoccuparti,» dice lui «ti divertirai.»

Le mette davanti alla faccia quel suo sesso rosso e tumefatto: «Toccalo!».

La ragazza, che non ha mai visto il sesso di un uomo, rimane scioccata. Scoppia in pianto. Lui non se ne preoccupa affatto e prosegue il suo sporco lavoro. Dopo averla denudata, si sdraia sopra di lei e la forza.

Graziana sente un dolore fortissimo all'inguine mentre l'uomo si muove dentro di lei ansimando. Poi quello si alza. Si rassetta i vestiti. Guardando dall'alto la ragazza nuda stesa per terra le dice: «Smettila di frignare e sistemati prima che rientri mia moglie. E non parlare con nessuno di ciò che è successo o sarà peggio per te».

Graziana piange disperata mentre osserva le sue cosce sporche di sangue.

«Smettila di frignare, non è successo nulla, abbiamo fatto l'amore.»

L'amore? Graziana ha già sentito parlare d'amore. L'amore di Dio, che non ha mai capito. L'amore di una mamma, che non ha mai provato. L'amore delle canzoni. Ma a quale amore si riferisce il suo stupratore?

È un'estate terribile. Quando si accorge che la signora sta per uscire di casa, Graziana comincia a trepidare. A tremare perfino. «Io lavoro, cara,» dice la signora «ma non preoccuparti. Non sarai sola, mio marito rimane a casa.» A questo punto la ragazza sa cosa aspettarsi: il padrone avrebbe di nuovo approfittato di lei.

Ma non è che una delle terribili esperienze della sua vita disgraziata.

All'età di quindici anni, durante l'estate, viene inviata a lavorare presso una coppia che abita in una città vicina. I padroni sono quasi tutto il giorno fuori casa e lei rimane sola.

Sotto l'appartamento presso cui presta servizio si trova un negozio di parrucchiere. Il titolare, un uomo ancora giovane, conversando con le sue clienti viene a sapere che la famiglia del piano di sopra ha assunto temporaneamente una ragazzina del collegio, e che questa rimane sola per quasi tutta la giornata.

Si presenta a Graziana con gentilezza e, dopo averne conquistata la fiducia, con mille pretesti si fa ricevere da lei in assenza dei padroni. La circuisce, raccontandole mille bugie, e riesce a conquistarla. Non è difficile far breccia nel cuore di una creatura che fino a quel momento ha ricevuto dalla vita solo umiliazioni e violenze. Graziana si innamora dell'uomo e si concede a lui con gioia.

Rientra felice in collegio: è radiosa. Persino le crisi epilettiche si fanno più rare. A tutte ripete che presto il suo fidanzato si presenterà alla porta del collegio reclamandola, che andrà a vivere con lui come una vera signora. Racconta a tutte la stessa storia, descrive come quell'uomo la stringe a sé con dolcezza, ripetendole che è innamorato di lei e promettendole che non dovrà più fare quel lavoro faticoso e umiliante. Mentre parla i suoi occhi si illuminano, e anche noi ci commuoviamo. Le chiediamo di raccontare la storia ancora una volta, e poi una volta ancora, e lei è sempre felice di ripeterla. Per noi è una favola, una favola bella: non ci stanchiamo mai di ascoltarla. Già. È solo una favola purtroppo.

Passano i giorni, i mesi, gli anni, e la sua vita non cambia. Graziana diventa triste e disperata. Gli attacchi di epilessia si moltiplicano. È sempre in pericolo. Le crisi possono capitare mentre sale le scale, e allora precipita facendosi male, oppure in mezzo alla strada, mentre va a scuola. Non riesce più a dormire, non mangia più, diventa praticamente anoressica. Le suore non prendono alcun provvedimento, lasciandola sola e disperata. Le risulta impossibile proseguire gli studi, così rimane a disposizione dell'istituto, a fare le pulizie per tutta la giornata. Vive così fino al compimento dei diciotto anni, dopodiché viene restituita alla madre.

In quella casa di sole due stanze sarà costretta a dormire su un materasso in corridoio. Sullo stesso materasso i clienti, dopo aver contrattato il prezzo con la madre, abuseranno di lei. Dopo qualche anno le crisi epilettiche le impediranno di "esercitare". Buttata fuori di casa, Graziana si ridurrà a vivere di elemosina. Come una mendicante.

7
LA FAMIGLIA SI ALLARGA

Nei pomeriggi in cortile, mentre le mie compagne giocano o chiacchierano, io spesso studio. Mi apparto per evitare lo spettacolo di mia sorella che, totalmente indifferente nei miei confronti, parla e ride spensierata con tutte le altre.

Un giorno, mentre cerco di memorizzare la lezione di inglese, mi chiamano in parlatorio insieme a Clotilde. Penso che si tratti della solita visita della signora. Invece ci attende un bel giovane, bruno e longilineo. Clotilde e io ci guardiamo intorno, non sapendo cosa fare.

La suora ci spinge verso di lui: «Parlate pure con vostro fratello».

Incredibile: il parentado si allarga ancora!

Si chiama Pino, fa il marinaio sul percorso Catania-Genova e intanto studia architettura. Sembra una persona colta e raffinata, del tutto diverso da Giancarlo. Veste anche in modo piuttosto estroso. Mentre si intrattiene con noi, il suo sguardo va sempre a Clotilde, del resto lei affascina tutti.

Pino non fa alcun cenno alla signora e promette di venire a trovarci spesso, compatibilmente con le sue esigenze di lavoro. Mi piace sentirlo parlare. Pacatamente, con un linguaggio elegante, ricercato, ci racconta dei suoi viaggi. Dice che una delle prossime volte ci porterà fuori di lì, a visitare posti fantastici.

La promessa e l'intero colloquio mi rendono felice. Anche se una nota stonata non manca.

Vedendo il mio quaderno di appunti, Pino lo sfoglia. Mi fa delle domande, a cui rispondo con il mio inglese scolastico. Commenta che la mia pronuncia è molto scadente. Poi si rivolge a Clotilde, la fa leggere. Alla fine si profonde in complimenti. A passare in second'ordine ci sono abituata, però mi dispiace che questo nuovo fratello, che c'incontra per la prima volta, faccia confronti, esprima una preferenza che mi pare smaccata.

Pino torna dopo un mese e ci porta fuori. Andiamo alla stazione e faccio il primo viaggetto in treno. A Taormina, che dice di amare molto.

Trascorriamo tutto il giorno con lui, che si rivolge sempre e solo a Clotilde. Parla con lei come se si conoscessero da sempre. Ogni tanto lo guardo per farmi notare – ci sono anch'io! Ma sembra inutile. Mi convinco che accade perché mia sorella è più grande e disinvolta, mentre io sto sempre attaccata a lei, come un'edera.

Pino ci fa visitare luoghi bellissimi e caratteristici. Regala una collanina a Clotilde. Alla fine della giornata, ci riaccompagna in collegio e promette di rifarsi vivo a breve. Ma io mi sento già un'intrusa tra loro.

La visita seguente si rivela una delusione cocente. Pino porta fuori solo mia sorella. La stessa cosa accade altre due volte, ma non ce n'è una quarta, perché quando Pino si rifà vedere, madre Ranno davanti a noi lo redarguisce: le sorelle sono due, gli dice, o tutt'e due o nessuna. Poi gli sventola sotto il naso un pacco di lettere. In collegio tutte le missive vengono aperte e subiscono una puntuale censura prima di giungere alle destinatarie. Quelle, Pino non deve averle spedite per posta. Probabilmente se le sono scambiate. Ma in una delle sue abituali perquisizioni madre Ranno le ha trovate sotto il materasso di mia sorella e le ha requisite per leggerle. «Non può scrivere "mia cara e dolce Clo" e tante smancerie del genere a questa signorina!»

Nel vedere le lettere, Clotilde impallidisce. Fissa la suora con odio. Pino invece cerca di scusarsi: si rivolge sempre a Clotilde perché è più grande, dice, e quindi lo capisce meglio. Mia sorella riprende colore, si infiamma, apostrofa la sua nemica come mai aveva osato, con insulti che non avevo mai sentito sulla sua bocca.

Madre Ranno non reagisce. Ma la sera, in dormitorio, la sua vendetta è tremenda. La picchia selvaggiamente, il ricordo di quella violenza ancora mi fa tremare.

Nello stesso periodo viene a trovarci una signora giovane e bella, con il marito. Si chiama Vanessa. E anche lei è nostra sorella. Provo una sensazione strana, come una sorta di rigetto: non avrei voluto conoscere più nessuno della mia squinternata famiglia, perché ogni volta ne sono nate situazioni troppo dolorose.

In più, Vanessa si presenta in modo tutt'altro che entusiasmante. È una donna dall'espressione triste, lo sguardo spento. La vita non è stata generosa nemmeno con lei: il marito le porta rispetto, ma è chiuso e freddo, si vede che lei ne soffre. Hanno due bambine piccole, ma quel giorno non le portano con sé.

Viene diverse altre volte a trovarci e una di queste dice: «Ho parlato con l'assistente sociale, è d'accordo con la vostra richiesta di venire a passare la domenica a casa mia, ogni tanto».

Mi coglie alla sprovvista perché in realtà non ho mai espresso questo desiderio, dato che suo marito mostra chiaramente di sopportare a stento le visite in collegio. Poi apprendo che è stata Clotilde, a mia insaputa, a formulare la richiesta alla madre superiora. Non dico nulla. Mi sembra strano. Neanche lei ha mai mostrato un particolare interesse per Vanessa.

A poco a poco, il motivo della richiesta mi risulterà più chiaro. Clotilde ha stretto amicizia con alcune ragazze che vivono in collegio per particolari situazioni di famiglia. Loro trascorrono a casa il fine settimana, le festività e le vacanze estive. Sono quasi tutte figlie di prostitute. L'ambiente domestico non è certo dei migliori, e i comportamenti e le esperienze di vita che vi apprendono sono conseguenti. Quando si trovano fuori dal collegio, incontrano uomini maturi. Le portano a divertirsi, fanno loro regalini, una maglietta, un paio di jeans, la trousse per i trucchi – anche se in collegio truccarsi è proibito. Ottengono da quelle ragazze ciò che vogliono, a poco prezzo. Rubano la loro innocenza, sfruttando il loro stato di bisogno materiale e affettivo.

Crescendo, mi renderò conto dei gravi errori che i servizi sociali commettono nei confronti di queste mie compagne. E di come, in questo modo, vengono danneggiate anche le altre in collegio. Tutte ne ricavano una visione distorta della vita fuori dall'istituto.

Clotilde ha fatto amicizia con alcune di loro: Anna, Letizia, Gisella, Graziella. Formano un gruppo da cui io sono esclusa. La sera, in camerata, le vedo confabulare, prendere accordi, raccontarsi le loro avventure.

Clotilde ascolta affascinata ma adesso, con l'alibi delle visite a Vanessa, le si presenta finalmente l'occasione di soddisfare la curiosità che quei racconti le hanno suscitato. Uscire dal collegio, ritrovarsi con le amiche per qualche ora, incontrare quelle persone interessanti e generose di cui le hanno tanto parlato.

Così è proprio Clotilde a trascinarmi controvoglia a casa di Vanessa. Anche se poi non sempre viene con me. A volte mi lascia sola, si incontra con le sue amiche. Arrivano sempre in compagnia di uomini e lei se ne va con loro.

Altre volte andiamo insieme da Vanessa, ma Clotilde va via subito dopo il pranzo, e mi da appuntamento per rientrare con me in istituto.

Una domenica non possiamo recarci da nostra sorella perché è a pranzo dalla suocera. Clotilde decide di andarsene ugualmente coi suoi amici e pretende che io rimanga seduta per tutto il tempo su una panchina ad aspettare il suo ritorno. Io non ne voglio sapere. Arriviamo al luogo dell'appuntamento, una piazza vicino al collegio. Un'automobile è già ferma ad attenderci. Scende l'amica, che tutta eccitata invita Clotilde a salire a bordo, senza curarsi di me.

Io mi aggrappo a mia sorella: «Portami con te» imploro.

L'amica, contrariata, mi rimprovera: «Non fare la bambina, certe cose dovresti capirle».

Ma in quel momento io capisco poco o nulla. È una situazione che non mi piace, ma l'unica cosa di cui mi rendo conto con chiarezza è di essere rifiutata.

«Finiscila di piangere,» dice Clotilde «sta' buona per qualche ora, poi rientriamo insieme.»

Uno dei due uomini in macchina scende, fa salire l'amica a lato del guidatore, prende posto dietro con Clotilde, vanno via a tutto gas.

Resto lì. Seduta per ore su una panchina. Infreddolita. Turbata da mille paure. Mi vergogno di essere lì, alla mercè di chiunque.

La casa di Vanessa è piccola, si trova in un quartiere popolare della città. Dopo tante visite non mi riesce ancora di decifrare i suoi sentimenti. La sua espressione impenetrabile mi mette in imbarazzo. Quando mi trovo sola con lei cerco di instaurare un rapporto affettivo, ma rimango puntualmente frustrata: lei resta distante, come se compisse un dovere che le costa fatica. Poi vengo a sapere che le nostre visite le creano problemi col marito. Claudio non ci può proprio soffrire. Una volta, mentre l'aiuto a rifare il letto, le chiedo il motivo di quella avversione.

«Vedi,» mi confessa «per lui questa parentela è imbarazzante: abbiamo un cognome diverso, dice che non siamo vere e proprie sorelle.»

È vero, il mio cognome è stato scelto a caso dall'orfanotrofio, e tutti noi fratelli ne abbiamo uno differente. Sembrerà strano, eppure non ci ho mai pensato prima di questa conversazione: a quindici anni, non so ancora che i fratelli normalmente hanno lo stesso cognome.

Vanessa mi fa pena. L'aiuto nei lavori di casa, le lavo a mano tutta la biancheria. Nessuno m'impone nulla, voglio farlo perché così mi sento più vicina a lei. Cerco di comprendere la sua tristezza, di penetrare nella sua solitudine.

Mi racconta qualcosa di sé, ma non molto. Unica, tra i numerosi figli, ha vissuto per qualche tempo con la signora. Mi dice che la signora ha parecchie manie, quella del cibo in particolare. Ogni volta che Vanessa mostrava avversione per un cibo, lei gli imponeva di mangiarlo, inflessibile, finché non avesse vuotato il piatto. Dice che la mandava a scuola mal vestita e priva del necessario. Così Vanessa ha preferito ritornare in collegio.

Ha conosciuto Claudio all'epoca in cui viveva con la signora. Viveva con la famiglia nell'appartamento al piano di sotto. Dal momento che la signora era severissima, e non voleva che la figlia intrattenesse rapporti con estranei, i due si vedono solo quando Vanessa scende le scale per andare a scuola. Claudio le scrive una lettera d'amore, e gliela recapita di nascosto. Vanessa ne è colpita, e risponde. Lo scambio epistolare continua clandestinamente anche dopo che la ragazza rientra in collegio, finché Vanessa fugge dall'istituto e lo sposa.

Claudio è taciturno e metodico fino alla mania. Sempre gli stessi gesti, sempre gli stessi orari. Dopo la pennichella della domenica pomeriggio Vanessa deve svegliarlo a un'ora precisa e portargli il caffé. Poi lui accende una sigaretta, va in bagno portando con sé la radiolina, e all'uscita dev'essere pronto un altro caffé.

Claudio e Vanessa non escono mai, non li vedo mai scambiarsi un gesto di tenerezza, di complicità, mai un sorriso, e tantomeno una risata. Alla sua famiglia Claudio non fa mancare nulla, tranne l'indispensabile, cioè l'affetto. Lo detesto. Facendo le pulizie a casa loro mi capita di guardare con odio il portacenere che sta sul suo comodino, perché m'indica il lato del letto dove lui dorme e sento la sua presenza.

Dato che la casa è piccola, per non disturbare Claudio durante il riposo pomeridiano, dopo aver rigovernato la cucina, le sue figlie e io andiamo all'ingresso. Gabriella ed Elena mi piacciono molto. Hanno bellissimi capelli lunghi biondo cenere, e gli occhi chiari. Stiamo sedute sul pavimento e giochiamo: per me sono come bambole. Le pettino, sistemo loro i vestiti, fino a quando il padre si sveglia. A quel punto rientro in collegio.

Continuo a far visita a Vanessa. Mi sento, se non accettata, almeno più protetta. Però mi annoio a morte lì, mentre

Clotilde si organizza fuori con le amiche. Torno alla carica con lei, chiedendole con insistenza di portarmi con sé almeno una volta. Finalmente, un giorno, si decide ad accettare e avverte le amiche che andrò con loro. Non ne sono affatto contente. Il pomeriggio in cui dovremmo vederci, nessuna si presenta. Capisco che hanno paura che io possa riferire alle suore quello che avviene durante quegli incontri. E poi c'è il mio carattere, e il mio aspetto. Loro vestono con una certa cura, riescono sempre ad avere qualche capo d'abbigliamento in prestito o in regalo. Io sono quasi una stracciona. E sono ingenua, infantile, quindi non adatta a quella particolare forma di vita sociale. Piango spesso. Sono appiccicosa. Parlo pochissimo. Le farei certamente vergognare.

Quella volta dunque esco da sola con Clotilde, e arriviamo alla solita piazza. Troviamo ad attenderci una bellissima automobile scura con due uomini adulti. Uno sulla cinquantina, l'altro di qualche anno più giovane. Il più grande guida, l'altro fa sedere Clotilde davanti e viene a sedersi dietro con me.

Clotilde mi presenta come sua sorella. Mi trovo in imbarazzo con quegli estranei, mentre lei sembra perfettamente a suo agio, mostra di conoscerli bene. Chiacchierano animatamente, ignorandomi. L'uomo accanto le sfiora il viso, le gambe, come si fa con una persona con cui si è molto in confidenza. Nessuno dice dove siamo diretti, ma si capisce che tutti conoscono la destinazione.

Arriviamo a una bella villa. Dall'ingresso, sulla destra scorgo un salone magnificamente arredato, sulla sinistra un corridoio con altre stanze. Mia sorella si avvia subito con l'uomo più anziano verso una di quelle stanze, io e l'altro entriamo nel salone.

Mi siedo su un divano, l'uomo si mette vicino a me. Da

un'ampia vetrata si vedono la spiaggia e il mare. Sono sempre più imbarazzata. Per darmi un contegno, prendo una delle riviste che si trovano sul tavolino. Fingo di leggere, sbirciando sottecchi le mosse del mio vicino. È piuttosto elegante e ha addosso un profumo forse costoso ma pesante, che impregna tutta la stanza. Non mi piace affatto.

Passa del tempo che mi sembra infinito. Clotilde non accenna a riapparire. Mi alzo, col pretesto di prendere un altro giornale, sbircio oltre la porta del salone. Nulla, solo silenzio. Torno a sedere ma l'uomo mi toglie gentilmente il giornale dalle mani: «Non siamo venuti qui per leggere» dice.

Intimidita mi sposto, stringendomi al bracciolo del divano. L'uomo si fa addosso, cerca di abbracciarmi. Oppongo resistenza, ruoto la testa rapidamente a destra e a sinistra per evitare i suoi baci sulla bocca.

«Dai, non fare la bambina,» dice «divertiti come tua sorella.»

«Perché, cosa fa adesso mia sorella?»

«Vieni con me che ti faccio vedere.»

Si alza e si avvia verso una delle stanze. Lo seguo finché si ferma davanti a una porta chiusa, da cui provengono rumori strani: sospiri, risatine, mugolii.

«Tua sorella è lì dentro col mio amico, guarda pure dal buco della serratura.»

Guardo: si vede la stanza in penombra ma nulla più, la visuale non è completa. Gli strani rumori che provengono dalla camera mi mettono in forte agitazione.

L'uomo mi appoggia le mani sui fianchi, spazientito: «Adesso che sai cosa fanno in camera, facciamolo anche noi».

Fa per abbracciarmi ma io mi divincolo dalla sua stretta e corro verso l'uscita. Mi ritrovo sulla spiaggia. Per evitare di farmi raggiungere, entro in mare con tutti i vestiti, immergendomi fino alla vita. L'acqua è fredda e mi fa paura: non sono mai entrata in mare prima d'ora, ma qui sono e qui ci resto. L'uomo dalla battigia grida: «Non fare la pazza, vieni qui!». Ma io non mi muovo e lui rientra in villa.

Rimango a mollo parecchio tempo. Alla fine rientro in casa gocciolante e trovo Clotilde che discute vivacemente coi due signori. Appena mi vede, mi sgrida: «Non ti porto più con me! Che figura mi hai fatto fare, e poi guardati! Adesso come ci presentiamo in collegio?». Mi trascina in bagno, mi dà un asciugacapelli: «Asciugati alla meglio».

Risaliti in macchina, la scenata continua. Gli uomini si lamentano con Clotilde perché ha portato "la persona sbagliata". Lei mi rimprova ancora, facendomi sentire in colpa per averle rovinato il pomeriggio.

Avverto tutto il suo disprezzo, mi pesa questo ulteriore fallimento nei suoi confronti. Mi chiedo se sarò mai in grado di conformarmi ai suoi desideri, ma anche se sia possibile avere con gli uomini rapporti diversi da quelli che finora ho avuto: pretese, sopraffazione, se non vera e propria violenza. Sono sicura che anche Clotilde sia oggetto di qualche forma di violenza, forse più sottile, ma lei pare non accorgersene affatto perché paradossalmente, fra tutti gli ambienti conosciuti, quello per lei è il migliore, le dà le soddisfazioni maggiori. Non si rende conto di essere solo un trastullo per il piacere di uomini che mi appaiono spregevoli, del tutto indifferenti al suo destino.

Gli animali, da cuccioli, imparano dalle madri la lotta per la vita. Noi bambine abbandonate dobbiamo capire da sole come muoverci in una foresta popolata da approfittatori che spesso si presentano distinti, eleganti, forti della loro appartenenza alla società borghese. La prima cosa che si impara è la menzogna. Mai riferire alle autorità, a qualunque autorità, le nostre disavventure. Saremmo le prime a pentircene.

Ogni tanto all'ingresso della scuola si fa vedere mio fratello Pino. Raramente mi degna di uno sguardo. Aspetta solo mia sorella. Dopo la scenata di madre Ranno non viene più in istituto, ma evidentemente non sa rinunciare a Clotilde.

È sempre più bella. Una sera, prima di andare a letto, Clotilde e le sue amiche provano a truccarsi, si guardano allo specchio con espressioni civettuole. Madre Ranno entra improvvisamente nella camerata, si avvicina al gruppo, afferra per un braccio mia sorella e sfoga su di lei la sua rabbia di donna repressa. Clotilde, che non ha niente, ha tutto ciò che lei invidia: gioventù, grazia, bellezza. Comincia a picchiarla selvaggiamente. Poi perquisisce il suo materasso, trova il suo diario e se ne impadronisce: «Adesso lo leggo e vedremo quali porcherie ci hai scritto» dice.

Le percosse, anche non giustificate, sono per noi una prassi. Non ci si fa caso. Nessuna reagisce mai, nemmeno verbalmente. Ma Clotilde deve aver raggiunto il limite dell'esasperazione. Le grida in faccia: «Ridammi il diario, ti odio!».

La risposta è immediata e brutale.

Madre Ranno la afferra per i capelli, comincia a sbatterle la testa contro il muro. I colpi arrivano sul volto, il suo delicato visino si riempie di sangue.

Noi tutte assistiamo impotenti alla scena. Chi seduta al bordo del letto, chi in piedi. Immobili, in silenzio.

«Ti farò trasferire, non ti voglio più in questo istituto» grida la suora. È fuori di sé.

Dopo pochi giorni Clotilde viene trasferita. Non la rivedo per parecchio tempo.

Qualche mese dopo la nostalgia di mia sorella mi spinge a indagare per sapere a quale istituto l'abbiano affidata. Metto in moto Vanessa e scopriamo che si trova presso un collegio che normalmente ospita bambine più piccole. Mi domando perché, visto che ha già diciassette anni.

Un pomeriggio mi presento alla porta di quell'istituto e chiedo alla suora portinaia di vedere Clotilde, la mia sorella maggiore. Ottengo subito un netto rifiuto: «Non può ricevere visite» dice.

Insisto: «È per vederla un attimo,» dico «solo un momento!».

Vista la mia ostinazione, la portinaia mi conduce dalla madre superiora. Insisto, supplico, fino a che non acconsente a condurmi da Clotilde.

Anziché avviarci verso il cortile com'è usuale in tutti i collegi, scendiamo nello scantinato. Sono sorpresa. Giù per una scala buia, finché entriamo in una stanzetta umida, disadorna e senza finestre. L'arredamento è costituito semplicemente da un piccolo armadio e da un letto. Su cui è seduta mia sorella. Ci lasciano sole.

Clotilde non si muove. Non ha mai avuto alcun trasporto per me, ma forse adesso è contenta di vedermi. Però è incapace di slanci. Del resto, con l'educazione che abbiamo ricevuto, nessuna di noi ne è capace. Il suo aspetto mi colpisce. Triste, trascurata, smagrita. È l'ombra della bella ragazza che conosco.

Mi racconta di essere in punizione. Non le consentono di uscire, non le permettono visite. L'unico contatto con le compagne è l'obbligo della messa. Non può nemmeno frequentare la scuola, così perderà l'anno scolastico. Anche il cibo le viene portato direttamente in quella stanza. È praticamente una reclusa.

Non posso rendermi conto appieno dell'ennesimo trauma che mia sorella sta subendo, e dei problemi che si porterà dietro dopo la "liberazione". Ma quella visita mi sconvolge, profondamente. So della sua sofferenza e non posso fare nulla per lei. Vorrei che almeno Pino potesse andare a trovarla, anche se la sua smaccata preferenza per lei mi ha fatto rodere dalla gelosia.

Clotilde vivrà in quelle condizioni fino a diciotto anni. È l'età in cui si viene brutalmente congedate. Ma io ancora lo ignoro.

8
ADULTA PER FORZA

L'estate successiva mi mandano a lavorare presso due coniugi che vivono in una bella villa, alla periferia della città. Il marito è titolare di un laboratorio di analisi, la moglie ha un negozio. Hanno due figli: un ragazzo e una ragazza, più o meno della mia età. Con loro vive un uomo anziano che ha compiti di maggiordomo, cuoco e giardiniere. È devotissimo ai padroni e molto scrupoloso: è lui che mi ordina cosa e come fare, con ossessionante precisione.

Comunque, in quella villa ho una discreta libertà. La signora sta in negozio tutto il giorno, spesso i suoi figli escono, il factotum lavora in giardino e io rimango sola. Il lavoro è pesante, perché la villa è costruita su tre piani, ma ho qualche vantaggio: il cibo, per esempio. La dispensa è così grande e piena che potrei mangiare qualsiasi cosa senza che se ne accorgano.

Ma in dispensa non c'è solo cibo: sembra un piccolo supermercato. Ne approfitto per prendere tutto quello che mi manca: uno spazzolino da denti, dentifricio, deodorante; posso anche farmi il bagno con tanta, tanta schiuma. Consumo una quantità di prodotti che non mi sarei mai sognata, poi vado in camera della signora e provo i suoi indumenti. È una donna molto ricca, il suo guardaroba è stracolmo di abiti bellissimi e gioielli. Indosso le sue cose, mi guardo allo specchio e sono molto compiaciuta di quel che vedo. Evitare il maggiordomo durante le mie esplorazioni è abbastanza facile: ha il passo pesante e mi accorgo subito quando rientra.

Purtroppo, dopo qualche giorno iniziano i problemi. Il marito, che non esce mai troppo presto di casa, comincia a gironzolarmi intorno. È un uomo di mezza età, molto fine, con una calvizie incipiente. Non alza mai la voce, sembrerebbe un tipo affidabile e invece un giorno, mentre lavoro, mi si avvicina e comincia a toccarmi dappertutto. Mi sposto bruscamente ma lui si fa sotto di nuovo e ricomincia. Tutto avviene senza che nessuno di noi due dica una parola. Per un paio di giorni si limita a darmi fastidio ma una mattina che moglie e figli sono via e il giardiniere è fuori, mi raggiunge mentre rassetto la camera. Mi spinge sul letto e cerca di spogliarmi. Reagisco divincolandomi, ma lui: «Se dici qualcosa a mia moglie, ti licenzio subito».

Mi sbottona la camicetta. Non ho il reggipetto, un lusso irraggiungibile, comincia a palparmi il seno. Mi solleva la gonna, mi abbassa le mutandine, mi accarezza le cosce e le parti intime. Io resto immobile, agghiacciata, mentre lui mi tocca dappertutto e mi bacia sulla bocca, tenacemente chiusa. Si sbottona i pantaloni e si masturba davanti a me. Poi si rimette in ordine e, senza dire una parola, va via.

Ho dovuto subire tutto. Anche se non è un vero stupro, mi lascia nauseata e umiliata. Passo il resto della mattinata in bagno, a piangere e vomitare, e non mi illudo che sia finita. Infatti la scena si ripete spesso, diventa quasi un'abitudine, e lui pretende cose nuove. Un giorno mi chiede di baciargli il sesso. Io rifiuto inorridita e allora lui mi spinge la testa contro di sé. Mi sento traumatizzata: ho sedici anni e fino a quel momento ho vissuto in un mondo tutto mio.

Vivo molto male in quel posto. Ma fortunatamente capita anche qualcosa di piacevole. Se squilla il telefono quando non ci sono i padroni o il maggiordomo, ho io l'incarico di rispondere. Un giorno telefona un uomo. Ha sbagliato numero. Ci scambiamo solo poche frasi. Ha un timbro dolce, gentile, suadente. Il giorno dopo l'uomo richiama, alla stessa ora: «No, non ho sbagliato stavolta,» dice «fammi di nuovo riascoltare la tua voce, ti prego».

Lusingata dal suo interessamento, forse un po' sedotta da quel tono caldo e cortese, comincio a mentire sulla mia condizione. Invento lì per lì la vita dei miei sogni. Sono la figlia dei proprietari di quella splendida villa, abbiamo un giardiniere e una cameriera che vivono con noi, ma i miei genitori sono molto severi, non mi lasciano troppa libertà.

Parliamo un po', lui chiede quale sia il mio aspetto e io il suo. Mi dice di essere un uomo maturo, preside di una scuola della città.

Telefona anche il giorno dopo, poi quasi ogni giorno. Passo dei bei momenti nascosta dietro la mia nuova maschera. Mi chiede che musica ascolto, che locali frequento, che cosa leggo. Per rispondere alle sue domande, sfrutto tutto quello che si trova in villa: dischi, libri, ogni cosa. Voglio apparire una donna di mondo, cerco di farmi una cultura. Studio perfino un po' di geografia, per descrivere i miei viaggi in posti esotici.

Alla fine, arriva il momento atteso e temuto. Lui chiede di incontrarmi.

Provo a tergiversare, adducendo come pretesto la gelosia di mio padre. Poi gli do comunque l'indirizzo di casa. «Io non potrò farmi vedere,» dico «ma se ti fermerai qui davanti ti vedrò dalla finestra.»

M'informa del colore della sua auto e del numero di targa. Effettivamente, da una finestra della mansarda, vedo arrivare quella bella macchina che si ferma proprio davanti alla villa. Sono molto agitata, ma mi piace che un uomo faccia quello che gli chiedo.

Nella telefonata successiva gli dico: «Se oggi torni, scendi dall'auto e fatti vedere».

Lui esegue.

Lo vedo. È alto, ha gli occhiali spessi. Ed è molto più anziano di come mi ero immaginata dalla voce. Quante illusioni ho fatto sorgere nel suo animo. E quante me ne sono create.

Comunque, quell'innocente avventura mi aiuta a vivere. Lui al telefono ripete che vuole vedermi. Si è infatuato di me, mi chiama "piccolina mia" come fanno gli innamorati, non sa quanto io lo sia veramente. Riesco a tenerlo a bada con mille pretesti, fino al giorno del mio rientro in istituto.

Tutte le esperienze di lavoro estivo mi conducono a vedere le cose in un certo modo, e solo in futuro mi renderò conto di quanto questa visione sia deformata. Il lavoro è importante, pensa la ragazzina Emma, perché è il mezzo per procurarsi il denaro. Però bisogna accettare di subire delle molestie da parte dei maschi, che in pubblico ci trattano come persone inferiori e insignificanti, ma in privato ci desiderano. La rassegnazione a subire, l'inopportunità di denunciare sia i maltrattamenti in collegio sia le molestie sessuali sul lavoro, fanno crescere in me una forte soggezione, se non una vera e propria sottomissione nel rapporto con gli altri, specie con gli uomini.

Gli anni della terza e della quarta superiore trascorrono senza problemi. Pur con i poveri mezzi di cui dispongo, riesco a far bene a scuola: ormai ho capito come posso sopravvivere.

Alla fine della quarta, come al solito, vengono a prendermi per assumermi come cameriera in estate. Stavolta è una coppia di mezza età. Mi conducono a Taormina. La loro abitazione è una villa enorme, meravigliosa, con giardini e cortili: si articola in più edifici e su diversi piani. Mi spaventa l'idea di dovermi occupare della pulizia di un complesso così grande, ma poi scopro che lì sono una dei tanti: camerieri e cameriere, giardinieri, cuochi, una decina di persone in tutto a servizio della famiglia.

Quando arrivo alla villa è ora di pranzo, e mi mandano subito in cucina a mangiare con gli altri domestici. La cucina è enorme, al centro c'è un grande tavolo con tutti gli apparecchi: i fornelli, il forno, il piano cottura. Con un gesto il capo cameriere mi indica il posto dove sedermi. Mi accomodo, timida, con gli occhi bassi. Quando li sollevo non posso credere a ciò che vedo: c'è mia sorella Clotilde seduta accanto a me. Che strano il destino! Ci salutiamo, come al solito senza effusioni da parte sua. Ho con me la persona che amo di più al mondo ma, poiché a lei è stata assegnata un'altra ala della villa, ci vedremo molto poco: a pranzo, a cena e la sera, a fine lavoro. Però dormiremo nella stessa stanza, con un'altra cameriera.

I signori hanno tre figli, giovani ma non più adolescenti: due maschi e una femmina. Uno dei maschi e la femmina sono già sposati, e ognuno di loro ha un appartamento in villa. Io vengo assegnata alle pulizie dell'appartamento del figlio sposato. Sua moglie è una giovane bellissima: alta, capelli biondi e lunghi, raffinata, elegante. Quanto mi piacerebbe un giorno essere come lei!

Mi forniscono una divisa, camice azzurro con maniche lunghe, grembiulino e cuffietta bianchi, e ne sono felice: finalmente ho qualcosa di nuovo e decoroso da indossare. E poi in questo modo non consumo il mio unico vestito, che così durerà di più. Non m'importa che la divisa renda evidente il mio ruolo di cameriera. So bene di far parte della servitù, e quelli che vivono lì per me sono semplicemente irraggiungibili.

La villa è alle pendici della collina su cui si trova Taormina. C'è una vista splendida, ma per me sarebbe lo stesso se si trovasse in pieno deserto. Non si esce mai dalla villa, l'intera giornata è per il lavoro: ci sono sempre ospiti, tutto dev'essere pulito a specchio. Il capo cameriere dà ordini, organizza e controlla.

La mattina i signori scendono a far colazione in un grande locale comune e poi vanno al mare. Noto che la signora scende subito, mentre il marito si attarda girandomi intorno, e fin dai primi giorni capisco come andrà a finire.

Prima sono solo complimenti: «Sei una bella ragazza, hai begli occhi».

Il giorno dopo, già finge di sfiorarmi accidentalmente passandomi vicino.

Poi prende a toccarmi senza ritegno il sedere e il seno.

Cerco ogni volta di evitarlo, ma in modo troppo timido e impacciato per riuscire a respingerlo. Una mattina mentre sono curva a rifare il letto mi viene dietro e comincia a sbottonarmi il camice.

«Ma perché fa questo? Ha una moglie bellissima, io sono un nulla in confronto a lei!» Non solo sono disgustata, sono sinceramente sconcertata.

«Mia moglie è bella, ma non andiamo d'accordo, siamo sul punto di separarci. Comunque non sono affari tuoi.»

Ogni giorno diventa più audace, e io subisco in silenzio. Mi tocca, si masturba, gode davanti a me. Io resto immobile come una statua, non vedo l'ora che finisca. Succede quasi ogni giorno, per tutta l'estate. Non tenta mai di spingermi a un rapporto completo, si accontenta di soddisfarsi da solo, in silenzio, velocemente. D'altronde, anche così rischia moltissimo, visto che non chiude la porta a chiave.

La moglie è gelosissima. Un giorno assisto a un'accesa discussione tra loro due. Anche la madre di lui è presente. Alla fine la signora mi prende in disparte e mi raccomanda, nel caso vedessi il figlio con un'altra donna in assenza della moglie, di riferirglielo subito. Sono così confusa che, pur essendo una vittima, mi sento sporca di fronte a lei: una vera peccatrice.

Le stanze in cui dorme la servitù si trovano nello scantinato, a cui si accede da una scala appartata. Per cui la sera ci troviamo completamente isolati. Due piani sopra di noi le feste continuano per tutta la notte.

A fine giornata, Clotilde scrive sempre un diario. Il suo atteggiamento ha qualcosa di misterioso. La sera, dopo il lavoro, io vado subito a letto. Lei invece spesso rientra più tardi. Dove va? Certamente non fuori dalla villa, né può mescolarsi agli ospiti nelle feste.

Penso che c'è un solo modo per scoprirlo: leggere il diario. Tutto ciò che fa è descritto minuziosamente, e trovo la soluzione del mistero.

Clotilde ha una relazione con l'altro figlio dei proprietari, quello ancora celibe: Filippo. Scrive di aver trovato l'amore. Un giorno, grazie a lui, non sarà più una cameriera, entrerà a far parte del bel mondo. Solo, si lamenta che lui, dopo aver fatto l'amore, parla pochissimo. Mentre leggo provo una fitta di gelosia: Clotilde è fortunata, lei se la cava sempre bene. Ma sono troppo giovane, non capisco che è caduta in trappola e ne soffrirà.

Nel sotterraneo in cui siamo alloggiate si aprono molte stanze, tutte ammobiliate allo stesso modo, uno o più letti, qualche armadietto. Una sera la curiosità è più forte di me. Mi metto a cercare Clotilde, finché apro una porta e la trovo a letto con quel Filippo. Fuggo via e subito mi nascondo sotto le coperte.

Quando Clotilde rientra non dice nulla, perché in camera c'è l'altra domestica. La mattina dopo, aspetta che quella se ne vada e poi m'investe: «Non dovevi permetterti, capito? Di questa vita ne avrò ancora per poco. Lui mi ama e presto sarò una signora».

«Non sentirti troppo speciale» le dico per rivalsa. «Suo fratello fa con me le stesse cose.»

«Non è lo stesso, quello è sposato. Filippo mi ama e cambierà la mia vita.»

Conclude che da quel momento non dovrò più rivolgerle la parola, che saremo due perfette estranee.

Acconsento, a malincuore ma senza strepiti. Sono ingenua, ma almeno io capisco qual è il mio posto, e sto con i piedi per terra. In fondo ci sto bene nel mio grembiulino da serva. Respingo gli attacchi delle persone che mi usano e, se non posso, rimango fredda a subire. Ho assimilato alla mia maniera l'educazione che le suore mi hanno inculcato: questa vita è solo un passaggio, bisogna soffrire. E subire. Clotilde, invece, reagisce in modo diverso: indossa la divisa con dolore, lei aspira ai quartieri alti. Crede alle favole che le raccontano gli uomini che la usano. Si illude perché vuole illudersi.

Qualche volta Pino viene a trovarla. Con il permesso dei

signori, la porta in giro per Taormina e le compra dei regalini. Di me continua a disinteressarsi.

Poi, anche l'estate finisce, finalmente. Ne serberò pochi ma indelebili ricordi: il padrone che abusa di me, mia sorella che mi detesta, il totale disinteresse di mio fratello Pino, il lavoro pesante. Vengo riaccompagnata in istituto con il poco denaro pattuito dalle suore per i miei servizi.

Ritorno a scuola, per l'ultimo anno. Lavoro sodo, anche se il mio corso non mi piace particolarmente. Ma lo studio mi consente di essere qualcosa agli occhi delle mie compagne di classe: loro fanno sfoggio di eleganza, io di preparazione. Mi chiedono spiegazioni, copiano i miei compiti, adesso non mi tengono più in disparte. Mi butto a capofitto sui libri di psicologia: diventa la mia gioia e il mio tormento. Analizzo me stessa e il comportamento degli altri, mi domando il perché di tutto e, non trovando risposte, entro in crisi.

E poi rivedo Clotilde, anche lei è all'ultimo anno. Penso stia all'istituto e che le suore si siano convinte a rimandarla a scuola. La realtà è diversa, ma lo scoprirò solo più tardi. È stata tenuta praticamente in "cattività" – e infatti ha perso un anno: adesso fa la quinta come me, pur essendo più grande – fino al compimento della maggiore età, dopodiché è stata cacciata. Non so dove alloggi, né come si mantenga. Le suore ci hanno lasciate nell'ignoranza più totale su tutto ciò che è fondamentale per la vita futura.

A scuola mi faccio coraggio e la fermo, ma lei mi respinge con la solita frase: «Lasciami in pace e smettila di considerarmi tua sorella». Quante sofferenze eviterei se mi raccontasse di sé, aprendomi gli occhi su quello che mi accadrà da lì a poco.

Intanto, le feste per i diciotto anni elettrizzano la scuola. Tutti ne fanno un gran parlare ma io non vengo mai invitata. Anche perché si svolgono di sera e, a quell'ora, non è permesso uscire dal collegio. Comunque al compimento del mio diciottesimo anno mi piacerebbe una festa tutta per me. Ne parlo con Vanessa, che acconsente a mettere a disposizione la sua casa un pomeriggio, prima del rientro del marito.

Il fatidico giorno, chiedo il permesso alle suore ed esco. Sono state invitate Clotilde e tre mie compagne di classe: non ero sicura che mia sorella avrebbe accettato l'invito, invece con mia grande gioia la trovo lì.

Ho dato l'incarico a una delle compagne di comprare la torta: conosce il titolare di una pasticceria, ottengo uno sconto sul prezzo. Così festeggiamo, con la torta e una bottiglia di spumante. Ridiamo, ci auguriamo futuri fidanzati ricchi e famosi, le mie compagne mi regalano persino una camicia bianca. Quel giorno quasi mi pare di essere una ragazza normale, con una famiglia e delle amiche, almeno fino alle sei del pomeriggio, cioè prima che ritorni mio cognato.

Rientrata in collegio, racconto a tutte della bella festa, ripeto a tutte che anche Clotilde ha partecipato. Non penso che a loro interessi molto, alcune non mi ascoltano nemmeno, ma io sono raggiante. Quella notte dormo benissimo, faccio dei bei sogni. Chissà da quanto non mi capitava.

La mattina dopo riprendo la vita di sempre. Vado a scuola. Ho diciotto anni e un giorno.

Il pomeriggio, mentre sto studiando, madre Ranno, con tono distaccato, mi comunica che la superiora mi ha convocata. Mi preoccupo: analizzo il comportamento dei giorni precedenti perché temo di ricevere una punizione, ma non mi viene in mente niente.

«Non ho fatto nulla, perché devo andare?» dico alla suora.

«Sbrigati, non perdere tempo, ti aspetta nella sala delle riunioni.»

Con timore mi avvio. La superiora mi aspetta in piedi, in mezzo alla stanza.

Mi dice: «Emma, hai compiuto diciotto anni, sei maggiorenne e adesso devi fare da sola».

«Cosa vuol dire che devo fare da sola?»

«A diciotto anni non si ha più diritto all'assistenza, per cui devi andar via: raccogli le tue cose e abbandona l'istituto.»

Mi sembra di vivere un incubo. La sua voce mi rimbomba nelle orecchie. Ho difficoltà a sentire, a vedere. Scoppio a piangere. «Che vuol dire?» ripeto come una stupida.

La superiora comincia a spazientirsi. Io insisto: «Non so dove andare e cosa fare».

«Sono affari tuoi, il nostro compito è finito» risponde la madre.

«Quando devo andare via?»

«Subito.»

«Come subito! Domani mattina?»

«Subito vuol dire adesso: prendi le tue cose e va' via.»

Cerco di prendere tempo, ma lei mi scaccia con un tono che non ammette repliche. «Ho da fare, è il momento di recitare il rosario, fuori!»

Piangendo, confusa e tremante, rientro nella sala studio e comincio a raccogliere i miei libri. Le mie compagne, le più vicine, mi chiedono a bassa voce cosa sia successo. Ma madre Ranno si piazza accanto a me, m'impedisce di rispondere, intima a tutte di far silenzio e di non distrarsi. Povere ragazze. Non devono sapere cosa gli accadrà a diciotto anni. Io, invece, adesso lo so: l'istituto intasca le provvidenze per l'assistenza finché le ragazze sono minorenni. Dopodiché le butta in mezzo alla strada. Letteralmente.

E il fattore sorpresa ha la sua importanza. Fino all'ultimo momento nulla trapela. Nessuna preparazione all'evento. Perché lasciarci all'oscuro di tutto garantisce la tranquillità. Se le ragazze sapessero tempesterebbero di domande, procurerebbero grattacapi. Invece la sorpresa ci schianta, impedendoci di reagire. È un ingranaggio spaventoso, una perversa ingiustizia che si compie nell'indifferenza generale degli organi dello Stato.

Con la mente offuscata e gli occhi velati di lacrime, senza poter salutare le mie compagne, senza nemmeno poter loro rivolgere la parola, mi dirigo in camerata a recuperare le mie poche cose. Rubo una busta di plastica. C'infilo i miei pochi averi. Mi avvio verso l'uscita.

Cammino lentamente, con le orecchie tese. Pronte a captare il richiamo di qualcuno, chiunque sia. Purché mi fermi: «Dove vai? Non sai che fuori è pericoloso?».

Faccio una scommessa con me stessa. Ora conto fino a dieci, e mentre conto qualcuno mi chiamerà.

Non accade. Nessuno mi chiama. Nessuno prova a fermarmi.

La suora apre la porta dell'istituto senza una parola, e la richiude alle mie spalle. Il mondo dell'infanzia e dell'adolescenza se n'è andato, per sempre.

Per un po' rimango immobile accanto al portone. A destra o a sinistra?

Senza rendermene conto, prendo la direzione della scuola, il mio percorso abituale di ogni mattina. Anche oggi. Ma fino a oggi il posto dove tornare era sempre l'istituto.

Adesso tutto ciò che mi circonda mi appare diverso. Questo è un nuovo mondo, sconosciuto e ostile. Come in trance, raggiungo una piazza vicina e mi siedo su una panchina.

Il sole non è ancora calato, ma io ho già freddo.

Non sono mai stata così sola.

«Così ci tennero chiusi, fino quasi a mezzogiorno,
poi suonarono la campana
con le chiavi tintinnanti
aprirono le celle in ascolto:
ognuno uscì dal suo inferno isolato…»

Oscar Wilde

«Avrai pensieri che non potrai bandire
visioni che mai più svaniranno
che mai più da te saran disgiunte
come le gocce di rugiada dall'erba.»

Edgar Allan Poe

Indice

La storia di Emma
prosegue in

Mille volte niente

PIEMME **BESTSELLER**

1. Michael Connelly, *Lame di luce*
2. Jennifer Weiner, *Buonanotte baby*
3. Ian Caldwell - Dustin Thomason, *Il codice del quattro*
4. Suad, *Bruciata viva*
5. Geronimo Stilton, *Barzellette al top*
6. Kate Mosse, *I codici del labirinto*
7. Jack Whyte, *Io Lancillotto. Il cavaliere di Artù*
8. Candace Bushnell, *Lipstick Jungle*
9. Greg Iles, *Il progetto Trinity*
10. Guido Cervo, *La legione invincibile*
11. Anna Guglielmi, *Il linguaggio segreto del corpo*
12. Carol O'Connell, *La giuria deve morire*
13. Lauren Weisberger, *Al diavolo piace Dolce*
14. Michael Connelly, *Il poeta*
15. Lou Marinoff, *Platone è meglio del Prozac*
16. Lolly Winston, *Cioccolata per due*
17. Anthony De Mello, *Messaggio per un'aquila che si crede un pollo*
18. Fernando S. Llobera, *Il circolo di Cambridge*
19. Yann Martel, *Vita di Pi*
20. Sherry Argov, *Falli soffrire*
21. Michael Connelly, *La bionda di cemento*
22. Isabelle Filliozat, *Le emozioni dei bambini*
23. Robert Crais, *Il mercante di corpi*
24. Gordon Russell, *Il grande gladiatore*
25. Joanna Briscoe, *Vieni a letto con me*
26. Hernán Huarache Mamani, *Negli occhi dello sciamano*
27. Michael Connelly, *La memoria del topo*
28. Lauren Weisberger, *Il diavolo veste Prada*
29. Conn Iggulden, *Le porte di Roma*
30. Candace Robb, *La taverna delle ombre*
31. Graham Hancock, *Il mistero del sacro Graal*
32. Guido Cervo, *L'onore di Roma*
33. Alberto Ongaro, *La taverna del Doge Loredan*
34. Robert Eisenman - Michael Wise, *Manoscritti segreti di Qumran*
35. Dennis Lehane, *La casa buia. Gone Baby Gone*
36. Anthony Flacco, *La danzatrice bambina*
37. Valeria Montaldi, *Il mercante di lana*
38. Michael Connelly, *Musica dura*
39. Amanda Eyre Ward, *Non voltarti*
40. Jack Whyte, *Io Lancillotto. Il marchio di Merlino*
41. Emily Giffin, *Piccole confusioni di letto*
42. Trudi Birger, *Ho sognato la cioccolata per anni*
43. Corine Sombrun, *Il canto della sciamana*

44. Marcia Grad Powers, *La principessa che credeva nelle favole*
45. Andreas Beck, *La fine dei Templari*
46. Michael Crane, *La setta di Lazzaro*
47. Zecharia Sitchin, *L'altra Genesi*
48. Michael Connelly, *Ghiaccio nero*
49. Patrick Fogli, *L'ultima estate di innocenza*
50. Jennifer Weiner, *Brava a letto*
51. David Anthony Durham, *Annibale*
52. Gilles Paris, *Autobiografia di una zucchina*
53. Leila, *Murata viva*
54. Mohsin Hamid, *Nero Pakistan*
55. Michael Connelly, *Il buio oltre la notte*
56. Dalila Di Lazzaro, *Il mio cielo. La mia lotta contro il dolore*
57. Joseph Thornborn, *Il quarto segreto*
58. Lou Marinoff, *Le pillole di Aristotele*
59. Leah Stewart, *Caffè con panna*
60. Guido Cervo, *Il legato romano*
61. Antonio Socci, *Mistero Medjugorje*
62. Polly Williams, *Vita bassa e tacchi a spillo*
63. Marco Bettini, *Pentito. Una storia di mafia*
64. Claudio Paglieri, *Domenica nera*
65. David Camus, *Il cavaliere della Vera Croce*
66. Tiziana Merani, *Devo comprare un mastino*
67. Steve Nakamoto, *Gli uomini sono pesci*
68. Donya al-Nahi, *Nessuno avrà i miei figli*
69. Michael Connelly, *Debito di sangue*
70. Susan Jane Gilman, *Ragazze non troppo perbene*
71. Lionel Shriver, *Dobbiamo parlare di Kevin*
72. Eric Giacometti - Jacques Ravenne, *Il rituale dell'ombra*
73. Candace Bushnell, *New York Sexy*
74. Greg Iles, *La regola del buio*
75. Jack Whyte, *Io Lancillotto. Il destino di Camelot*
76. Diaryatou, *La schiava bambina*
77. Robert Eisenman, *Giacomo il fratello di Gesù*
78. Michael Connelly, *Utente sconosciuto*
79. Conn Iggulden, *Il soldato di Roma*
80. Siba Shakib, *Afghanistan dove Dio viene solo per piangere*
81. Robert Crais, *La prova*
82. Debra Dean, *Le madonne dell'Ermitage*
83. Hyok Kang, *La rondine fuggita dal paradiso*
84. Massimo Polidoro, *Etica criminale. Fatti della banda Vallanzasca*
85. Isabelle Filliozat, *Fidati di te. Migliora l'autostima per essere a tuo agio sempre*
86. Valeria Montaldi, *Il signore del falco*
87. Hernán Huarache Mamani, *La profezia della curandera*
88. Michael Connelly, *Il ragno*
89. Anosh Irani, *Il bambino con i petali in tasca*
90. Marco Salvador, *Il longobardo*

91. Elizabeth Buchan, *La rivincita della donna matura*
92. Candace Robb, *Il saio nero*
93. Guido Cervo, *Il segno di Attila*
94. Carol O'Connell, *La bambina di casa Winter*
95. Alberto Ongaro, *Il ponte della solita ora*
96. J.R. Moehringer, *Il bar delle grandi speranze*
97. Michael Connelly, *L'ombra del coyote*
98. Ugo Barbàra, *Il corruttore*
99. Harold G. Moore - Joseph L. Galloway, *Eravamo giovani in Vietnam*
100. Carla Maria Russo, *La sposa normanna*
101. Vauro Senesi, *Kualid che non riusciva a sognare*
102. Jennifer Weiner, *A letto con Maggie*
103. Jack Whyte, *Io Lancillotto. Il sogno di Ginevra*
104. Jacqueline Pascarl, *La principessa schiava*
105. Toby Young, *Un alieno a Vanity Fair*
106. Thomas Healy, *Ti presento Martin*
107. Guido Cervo, *Le mura di Adrianopoli*
108. James D. Tabor, *La dinastia di Gesù*
109. Emily Giffin, *A prova di baby*
110. Kathleen McGowan, *Il vangelo di Maria Maddalena*
111. Aline Baldinger-Achour, *Le grandi religioni spiegate ai miei figli*
112. Robert Crais, *L.A. killer*
113. Gianni Palagonia, *Il silenzio*
114. Jonathan Kwitny, *L'uomo del secolo*
115. Clare Sambrook, *Harry non ha paura*
116. Patrick Fogli, *Lentamente prima di morire*
117. Michael Connelly, *La città delle ossa*
118. Franco Scaglia, *L'oro di Mosè*
119. Joseph Thornborn, *L'ultima rivelazione*
120. Zecharia Sitchin, *Spedizioni nell'altro passato*
121. Lolly Winston, *Felicità senza zucchero*
122. Jack Whyte, *Saint-Clair. I custodi del codice*
123. Michel Benoît, *Il tredicesimo apostolo*
124. Conn Iggulden, *Cesare padrone di Roma*
125. Dinaw Mengestu, *Le cose che porta il cielo*
126. George Pelecanos, *Il giardiniere notturno*
127. Amy Scheibe, *A spasso con Jennifer*
128. Gordon Russell, *La notte del gladiatore*
129. Hamida Ghafour, *Il paese di polvere e di vento*
130. Laura Fitzgerald, *Colazione da Starbucks*
131. Bob Berkowitz, *La nuda verità*
132. Tony Sloane, *Legionario*
133. Justine, *Ho deciso di non mangiare più*
134. Conn Iggulden, *La caduta dell'aquila*
135. Andrew Crofts, *Il fabbricante di sogni*
136. Alexandra Ripley, *Rossella*
137. Claudio Paglieri, *Il vicolo delle cause perse*

138. Susan Jane Gilman, *Non volevo il vestito bianco*
139. Deborah Rodriguez, *La parrucchiera di Kabul*
140. Jim Dwyer - Kevin Flynn, *102 minuti*
141. Michael Connelly, *Vuoto di luna*
142. Els Quaegebeur, *Io sono l'altra*
143. Harry Bernstein, *Il muro invisibile*
144. Ariana Franklin, *La signora dell'arte della morte*
145. Lesley Downer, *L'ultima concubina*
146. Dalila Di Lazzaro, *L'angelo della mia vita*
147. Daoud Hari, *Il traduttore del silenzio*
148. Richard Maun, *Il mio capo è un bastardo*
149. Jack Whyte, *La pietra del cielo*
150. Khaled Hosseini, *Il cacciatore di aquiloni*
151. Candace Robb, *La mano del traditore*
152. Siba Shakib, *La bambina che non esisteva*
153. Carol O'Connell, *Susan a faccia in giù nella neve*
154. Dalia Sofer, *La città delle rose*
155. Jo Nesbø, *Il pettirosso*
156. Pascal Khoo Thwe, *Il ragazzo che parlava col vento*
157. Carlo Maria Martini, *Le tenebre e la luce*
158. Jennifer Weiner, *Letto a tre piazze*
159. Guido Cervo, *Il centurione di Augusto*
160. Kate Jacobs, *Le amiche del venerdì sera*
161. Michael Connelly, *Il poeta è tornato*
162. Anthony De Mello, *Istruzioni di volo per aquile e polli*
163. Syrie James, *Il diario perduto di Jane Austen*
164. Zecharia Sitchin, *Il giorno degli dei*
165. Jacqueline Pascarl, *Solo per i miei figli*
166. Khalil Gibran, *Quando l'amore chiama, seguilo*
167. Randa Jarrar, *La collezionista di storie*
168. Jack Whyte, *La spada che canta*
169. Candace Bushnell, *Bionde a pezzi*
170. Malika Bellaribi, *La bambina con i sandali bianchi*
171. Alfredo Colitto, *Cuore di ferro*
172. Jennifer Weiner, *Certe ragazze*
173. Emma La Spina, *Il suono di mille silenzi*
174. Polly Williams, *Le brave ragazze combinano guai*
175. Carla Maria Russo, *L'amante del Doge*
176. Christel Martin, *Madre di diecimila figli*
177. Vittorio Messori - Andrea Tornielli, *Perché credo*
178. Conn Iggulden, *Il figlio della steppa*